# Três vezes Machado de Assis

*Machado de Assis*

# Três vezes Machado de Assis

Notas e estudo crítico

*Maurício Soares Filho*

Peirópolis

Editora
Renata Farhat Borges

Editora assistente
Ana Carolina Carvalho

Ilustrações
Laerte Silvino

Diagramação
Fernanda Moraes

Revisão
Mineo Takatama
Izabel Mohor

**Dados Internacionais de Catalogação na Publicação (CIP)**
**de acordo com ISBD**

---

A848t Assis, Machado de
Três vezes Machado de Assis: A cartomante, A causa secreta, Missa do galo / Machado de Assis ; organizado por Maurício Soares Filho ; ilustrado por Laerte Silvino. – São Paulo : Peirópolis, 2022.
96 p. : il. ; 13cm x 18cm. – (Coleção Clássicos de bolso)

ISBN: 978-65-86028-41-6

1. Literatura brasileira. 2. Romance. I. Soares Filho, Maurício. II. Silvino, Laerte. III. Título. IV. Série.

2020-1853

CDD 869.89923
CDU 82-1

---

**Elaborado por Odilio Hilario Moreira Junior – CRB-8/9949**
1. Literatura infantojuvenil 869.89923
2. Literatura infantojuvenil 821.134.3(81)-31

**Disponível em versão digital no formato ePUB (ISBN 978-65-86028-42-3)**

1ª edição, 2022

Editora Peirópolis Ltda
Rua Girassol, 310f Vila Madalena
05433-000 São Paulo SP
Tel.: 55 11 3816 0699
vendas@editorapeiropolis.com.br
www.editorapeiropolis.com.br

# Sumário

Machado de Assis: alguns caminhos para novas descobertas .......... 7

A cartomante .......... 29

A causa secreta .......... 51

Missa do Galo .......... 77

## Machado de Assis:
## alguns caminhos para novas descobertas

Com certeza você já ouviu falar muita coisa sobre Machado de Assis. Provavelmente sabe que ele é considerado um dos maiores escritores que o Brasil já teve, que ficou famoso por seus romances, contos, crônicas, peças de teatro, poemas e também por ter feito crítica literária. Mas será que você já se perguntou o porquê da crítica ser unânime em colocar Machado de Assis nesse lugar de honra e destaque dentro da literatura brasileira? Está na hora de falarmos um pouco mais sobre isso: afinal, o que faz de Machado de Assis, Machado de Assis? Quais são as diferenças entre o que esse autor escreve e o que outros tantos escritores já produziram? Quais as especificidades que tornam o nosso Machado um gênio celebrado nacional e internacionalmente?



Terminada uma primeira leitura dos contos reunidos nesta coletânea, provavelmente a impressão que fica é de perplexidade. As histórias contadas de uma forma extremamente peculiar narram situações comuns em que qualquer um dos leitores poderia se encontrar, mas o fazem apresentando as personagens como seres especiais, dialogando com o leitor como se este estivesse ao lado daquele que narra, pontuando aspectos sobre o espaço e o tempo em que as tramas se desenvolvem, tudo com uma linguagem bem diferente da tradicional, dando a cada acontecimento uma cor e um sentido especiais.

O escritor argentino Julio Cortázar define o conto como uma esfera verbal pequena e perfeita, que guarda uma única semente a ponto de eclodir. Ainda que a menor extensão da narrativa passe a impressão de que pode ser mais fácil escrever um conto do que um romance, a experiência de muitos autores tem mostrado o contrário. Um conto precisa de todos os elementos, organizados de forma concentrada, na tentativa de alcançar rapidamente, em cinco ou seis páginas, a intensidade que um romance muitas vezes tem duzentas para conseguir.



Machado de Assis já foi considerado pela crítica Lúcia Miguel Pereira melhor contista do que romancista, mas, apesar do reconhecimento de sua genialidade na composição desses textos, pouco se disse a respeito dos quase 200 contos escritos e publicados pelo genial autor de *Dom Casmurro*. A maioria desse trabalho, precisamente 163 textos, foi apresentada ao público nos periódicos *Jornal das famílias*, *A estação* e *Gazeta de notícias* desde 1884 até 1898, revelando o processo de amadurecimento do trabalho de Machado com a narrativa curta, sua crescente familiaridade com a linguagem, a sociedade carioca da época que retratava nos textos e também o gosto do público a que as publicações se destinavam.

Para essa despretensiosa amostragem dos contos machadianos, foram escolhidas três pequenas obras-primas do autor, todas publicadas no jornal *Gazeta de notícias*, onde Machado mais trabalhou no auge de sua maturidade, oferecendo ao público 56 grandes histórias. A leitura e análise desses três exemplos nos permite observar, em poucas páginas, a concentração das grandes características do mestre e, por isso, é sempre uma experiência capaz de impressionar o leitor, por mais desavisado que este seja.



Para podermos entender com clareza do que se fala nesses contos, convém destacar que os três fazem parte da segunda fase de trabalho do autor. Machado de Assis tem sua obra, grosso modo, dividida em duas fases distintas: a primeira, conhecida como "romântica ou de preparação", e a segunda, "realista ou de maturidade". No momento em que esses contos começaram a ser publicados (1884), o Rio de Janeiro vivia um período de deslumbramento com o desenvolvimento científico e cultural da Europa, e grandes nomes da literatura ocidental, como Eça de Queirós e Ramalho Ortigão, por exemplo, nos mandavam de Lisboa cartas desde 1871 que transmitiam uma visão irônica da sociedade, muito diferente da idealização a que o leitor romântico estava acostumado a encontrar nos romances com que se entretinha.

Ao analisarmos os enredos dos romances produzidos no Brasil no período do Romantismo, é fácil concluirmos que parte deles termina em casamento e parte em morte. Não é rara uma simplificação do universo do homem romântico que trabalha a partir de uma realidade idealizada em que o amor é sempre o aspecto mais importante na vida de um personagem, seja ele nobre ou plebeu, de uma época remota ou contemporânea ao autor, o amor é o sentimento que é capaz de transformar comportamentos e motivar ações inesperadas naqueles em que se manifesta. Em nome do amor, a personagem é capaz de enfrentar grandes dificuldades e se colocar em risco, uma vez que acredita piamente que essa é a única maneira de atingir alguma felicidade, estado inalcançável na ausência da pessoa amada. Assim, mesmo que as circunstâncias da vida sejam intransponíveis a ponto de impedirem a realização do amor, ele é mais forte que a própria vida e pode, em casos extremos, levar os amantes à morte, para que prevaleça dessa forma. A outra possibilidade, muito mais otimista, é a do casamento daqueles que se amam. Corroborando a idealização das figuras envolvidas no enlace amoroso complexo, o casamento dos enamorados é a certeza da felicidade eterna e da concretização do sonho acalentado nas páginas do romance. Finalmente, depois de vencidos todos os obstáculos, os apaixonados podem entregar-se um ao outro, sem nenhuma restrição e com o testemunho dos céus que abençoa o sentimento sincero e desinteressado.

No Realismo a história é um pouco diferente. Movimento que deve suas origens parcialmente à decepção do povo francês com todas as promessas feitas por uma burguesia ascendente, o Realismo tem como princípio básico desmascarar a hipocrisia da classe burguesa retratada nas páginas dos romances do início do século XIX e revelar o quanto o mundo de sonhos e felicidade não resiste às reais condições do dia a dia. Assim, muitas da narrativas realistas – desde Madame Bovary, que inaugurou o realismo francês em 1857 – abordam o casamento como uma instituição baseada na hipocrisia de uma classe preocupada mais em manter as aparências do que em comportar-se de maneira autêntica. Dessa forma, o adultério passa a ser um tema recorrente nas narrativas deste período que, via de regra, começam sempre após o casamento ter se consumado. Considerando a perspectiva machista da imensa maioria da sociedade ocidental durante o período, é apenas o adultério feminino que é capaz de gerar escândalos e destruir famílias, uma vez que era comum e aceitável que os maridos precisassem recorrer às amantes para suprirem todas as suas necessidades sexuais, que a mãe de seus filhos não tinha condições de assumir. Na verdade, o tema do adultério feminino já surgira na literatura algum tempo antes: em *A Ilíada*, célebre poema épico atribuído a Homero, 800 anos antes de Cristo, toda a motivação da guerra de Tróia teria sido o rapto de Helena, esposa do grego Menelau, por Páris, jovem príncipe troiano; Shakespeare também tratou do assunto em sua peça *Othelo*, de 1603, em que o mouro desconfia ter sido traído por sua esposa e, consumido pelo ciúmes, acaba por assassiná-la injustamente e, mais recentemente, no romance epistolar alemão *Os sofrimentos do jovem Werther*, escrito por Goethe em 1774, em que o jovem narra sua paixão por uma mulher casada - Charlotte - e, embora o adultério não tenha efetivamente ocorrido, sua possibilidade é o centro da narrativa. No Realismo, porém, essa temática é ainda mais recorrente. São inúmeros os exemplos de livros que tratam da traição da esposa para discutirem a fragilidade do casamento e, por extensão, a fraqueza moral do homem burguês, inconsolável quando enganado pela esposa e disposto a lavar sua honra com sangue ao se descobrir traído: Eça de Queirós em *O Primo Basílio* (1878), Leon Tolstoi em *Ana Karenina* (1873) – e o próprio Machado de Assis, em seu *Dom Casmurro* (1900) são exemplos concretos de grandes obras que abordam a questão.

Neste contexto, não surpreende o fato do adultério feminino, ou ao menos a sua sugestão, ser o pano de fundo dos três contos reunidos nesta coletânea e esse ter sido um dos motivos pelo qual essas histórias foram escolhidas para compor esse livro. Muitas são as diferenças e semelhanças que podemos encontrar nas três histórias reunidas nesse pequeno volume. Passemos a analisar, inicialmente, o tema de cada um.

O amor e o adultério em diferentes perspectivas, tempos e espaços:

*A cartomante* (1884) é uma história em que o adultério é fato consumado e toda a trama está absolutamente centrada na questão da relação extraconjugal entre Camilo e Rita. Vilela, velho conhecido de Camilo, é enganado durante todo o conto e, por muito tempo, continua acreditando que o amante da esposa é seu melhor amigo e o tratando com toda a distinção de que o julga merecedor. Ainda que um pouco envergonhado com a situação no início, Camilo vai se sentindo mais e mais confortável em enganar Vilela decidindo, ao final, permanecer próximo dele, mesmo sem pretender terminar o caso amoroso com Rita, principalmente após a visita que faz à cartomante, quando passa a ter a suposta certeza de que os dois não foram descobertos.

O narrador, no caso deste conto, ainda que em terceira pessoa, assume completamente a perspectiva de Camilo, e vai conduzindo o leitor a compactuar com suas atitudes moralmente questionáveis, como indicamos nas notas ao longo do texto. Pode-se dizer, portanto, que *A cartomante* – conto mais antigo desta coletânea e, portanto, produzido por um Machado de Assis mais inexperiente – é o único dos três que aborda diretamente a questão do adultério, como é praxe no Realismo, e explicita de várias maneiras diferentes a fragilidade de caráter de Camilo, criticando, metonimicamente, o comportamento da pequena burguesia carioca no final do século XIX.



O protagonista é apresentado como um homem em princípio dominado pela vontade dos pais, que influenciaram decisivamente na construção de suas crenças místicas e religiosas e também em sua trajetória profissional. Camilo não se revela interessado por seu trabalho: era funcionário público, emprego que foi conseguido para ele pela mãe, uma vez que, após a morte do pai, que queria vê-lo médico, Camilo havia decidido não ser nada. Depois da volta de Vilela, seu amigo de infância, para o Rio de Janeiro, onde decidira abrir banca de advogado, passou a frequentar sua casa e, lentamente, a se sentir atraído por Rita, a bela esposa de seu grande amigo. O carinho que recebeu da moça por ocasião da morte de sua mãe deixou ainda mais claros seus sentimentos e, uma vez consumado o relacionamento clandestino, passou a viver totalmente em função do caso amoroso que mantinha com Rita. A relação de Camilo com o misticismo e a religiosidade em geral é um aspecto importante na caracterização do protagonista. Sua mãe, mística, incutiu-lhe, quando menino, certos valores religiosos e, após a morte dela, ele simplesmente abandonou tudo o que ela lhe ensinara. Não é estranho que todas as crenças de alguém desapareçam com a morte daquela que as ensinara a ele? Afinal, quais os valores verdadeiros para Camilo? Em que realmente acreditava? Ele não aparenta ter personalidade suficientemente forte para assumir seus próprios posicionamentos e vive ao sabor da sorte, deixando-se influenciar por opiniões alheias. Quando visita a cartomante, por estar assustado com a possibilidade (revelada por cartas anônimas recebidas) de ter sido descoberto por Vilela, deslumbra-se rapidamente com os chavões pronunciados pela senhora que lhe restabelece a paz de espírito que precisava para levar adiante seu comportamento irresponsável e hipócrita. Pode-se perceber assim, que, em *A cartomante*, o adultério, embora seja o mote central, é pano de fundo de uma história que, na verdade, tem como assunto principal a mente sugestionável do brasileiro pequeno burguês do final do século XIX e o quanto todos nós estamos sujeitos a nos deixarmos levar pela ilusão de prever o futuro, quando este corresponde às nossas mais íntimas expectativas. Na perspectiva Positivista que dominava o final do século, acreditar em cartomantes não poderia, em hipótese alguma trazer algum benefício a quem quer que fosse.

Em *A causa secreta* (1885) a situação é outra. Garcia sente-se atraído por Maria Luísa, esposa de seu sócio e amigo Fortunato, ainda que não revele em palavras para a moça o que sente. Entendemos pelo olhar, dessa vez um pouco mais isento, de um narrador em terceira pessoa dotado de certa onisciência, que provavelmente há reciprocidade de sentimentos por parte da moça, mas fica muito claro que absolutamente nada acontece entre ambos. Não há um beijo, um abraço mais caloroso que deixe qualquer dúvida a respeito da fidelidade de Maria Luísa, por mais que esta se sentisse frágil e revelasse até certo receio da personalidade misteriosa do marido. Sendo assim, por mais que houvesse amor e provavelmente desejo entre as personagens, o adultério é apenas um aspecto periférico do enredo do conto, sem deixar, entretanto, de estar presente e dar sentido a certas atitudes.

Garcia, ao contrário de Camilo, é um homem de personalidade mais refinada e muito interessado em desvendar os vários mistérios da alma humana. Tendo conhecido

Fortunato em situações *sui generis* como uma visita ao teatro em que este só se interessara pelo dramalhão e desprezara a comédia e por ocasião de uma assistência prestada por ele a um vizinho que havia sido ferido na rua, Garcia passara a se interessar por seu comportamento pouco convencional e passou a tentar encontrar uma oportunidade de conhecê-lo melhor. Ao se aproximarem, Garcia já tinha se formado em medicina e termina por tornar-se sócio de Fortunato em uma casa de saúde, por mais que o empreendimento desagrade Maria Luísa, que não queria ver o marido envolvido com doenças, mas não ousava contrariá-lo.

Mais uma vez a história é narrada em terceira pessoa, mas a perspectiva é a visão de Garcia. É importante que entendamos que se trata de um narrador parcialmente onisciente, uma vez que temos acesso apenas ao que Garcia pensa e sente em relação aos outros personagens e, em alguns momentos específicos, como a sensação final de Fortunato frente ao sofrimento de Garcia, somos informados, pelo narrador, a respeito da subjetividade dos outros. Esse recurso de narração direciona o olhar do leitor, possibilitando que se coloque na posição de determinado personagem e conheça a história como se essa fosse narrada em primeira pessoa, agregando a ela o dado, muitas vezes revelador, da onisciência.

Assim, *A causa secreta* está longe de ser um conto sobre adultério, mas também faz referência ao comportamento tão recorrente na literatura do período. O assunto aqui é o sadismo de Fortunato, essa é, realmente, a causa secreta da história. Um personagem que seria capaz de relevar o fato e ter sido traído, como chega a cogitar rapidamente no final da narrativa, para poder satisfazer seu desejo de desfrutar o sofrimento alheio, independente de quem seja o sofredor; um doente da casa de saúde, sua esposa consumida pela tuberculose ou até o sócio e amigo que poderia tê-lo enganado dentro de sua própria casa.



Sabemos ainda que tanto *A causa secreta* quanto *A cartomante* foram publicados no segundo reinado no Brasil (1831-1889), o primeiro em 1885 e o segundo em 1884. Além disso, as datas em que as histórias se passam são bem precisas: 1862 para *A causa secreta* e 1869 para *A cartomante* e também refletem sobre esse período da história do Brasil em que D. Pedro II e a corte do Rio de Janeiro são grandes protagonistas. Sem dúvida é possível que Machado de Assis usasse dessas datas bem marcadas para explicitar algumas de suas opiniões acerca da estrutura social do Brasil à época, e pequenos acontecimentos que talvez não sejam hoje dignos de notação histórica faziam muita diferença para o leitor dos periódicos em que esses contos eram publicados. Ainda que nessas histórias isso não seja absolutamente explícito, sabemos que, indiretamente, o comportamento das personagens reflete a forma de pensar de toda a sociedade carioca que ainda buscava compreender a essência de ser brasileiro.

Em *Missa do Galo* (1893), o narrador, natural de Mangaratiba, interior do Rio de Janeiro, de apenas 17 anos, passa cerca de uma hora, na noite de Natal em companhia de uma senhora um pouco mais velha, Conceição, de 30 anos, casada com um escrivão que tinha sido casado anteriormente com uma prima do narrador. Na referida noite, o marido havia ido se encontrar com sua amante e passaria a noite fora de casa e o menino, Nogueira, esperava a meia-noite para ir assistir à missa do galo na corte, que ainda não tivera a oportunidade de presenciar. Enquanto esperava um amigo que o acompanharia à missa, Nogueira se distraia com a leitura de um livro romântico de aventuras – *Os três mosqueteiros*, do francês Alexandre Dumas, publicado em 1844. Conceição, sob o pretexto de fazer companhia ao hóspede, levanta-se da cama em trajes de dormir e fica ao lado do rapaz até que a hora esperada se aproxime. Anda pela sala, muda várias vezes de lugar, pede que ele fale baixo para não despertar a mãe dela que dormia e chega até a parecer que cochila de tão cansada. Suas verdadeiras intenções não ficam claras, mas a mente fértil do narrador desenha algumas possibilidades.

Antes de qualquer coisa, precisamos considerar que a história, desta vez narrada em primeira pessoa, nos é revelada por um adolescente, morador do interior, fascinado pelo clima da corte do Rio de Janeiro, onde vive há poucos meses, e habituado à leitura de romances românticos recheados de casos de amor à primeira vista e traições em nome de um sentimento maior. Não seria difícil compreender que Nogueira estivesse influenciado por uma dessas leituras e pela atmosfera da noite de Natal na visão que teve das atitudes prosaicas da balzaquiana Conceição, que não deu nenhuma indicação mais significativa que desejasse tirar a desforra de seu marido que a traía assumidamente naquela mesma noite. A habilidade de Machado de Assis em criar um narrador ambíguo, colocado numa situação muito particular e, principalmente, não deixar claro para o leitor quem estava com a razão ao final do conto é mais uma das características marcantes deste autor.



Machado foi considerado por muitos críticos o mestre da narrativa em primeira pessoa, muitos disseram que o que ele fazia de melhor era colocar-se no lugar de alguém e criar uma história a partir da perspectiva desse personagem inventado. Não é a toa que *Memórias Póstumas de Brás Cubas* (1881) e *Dom Casmurro* (1900) – ambos em primeira pessoa – ocupem lugar de destaque dentro da obra do autor.

Nesses dois romances, homens burgueses e bem resolvidos do ponto de vista financeiro, decidem relatar suas experiências, um após a morte e o outro quando se vê sozinho, depois que todos aqueles que um dia amou já haviam morrido. Personagens amargurados e que lamentam muitas de suas atitudes ao longo da vida, sem que por isso tenham se tornado humildes ou abnegados. Ao contrário, tanto Brás Cubas quanto Bento Santiago seguem absolutamente crentes de seu poder social e de sua importância individual.

Não deixa de ser curioso o fato de que o conto *Missa do Galo* – publicado entre os dois livros – traga um narrador em primeira pessoa que, ao contrário dos grandes personagens dos romances, tem apenas 17 anos, e aguarda a oportunidade para assistir à missa do galo que ouviu dizer que é mais rica e luxuosa daquela celebrada nas cidades menores. Ainda que muito jovem e despreparado para a vida, Nogueira está se preparando para pertencer a um outro grupo social, diferente daquele do qual era originalmente. Do interior, passou a morar na corte, onde estudava para exames preparatórios que o colocariam também num outro patamar intelectual. Na casa em que estava hospedado, de um contraparente com quem não tinha laços sanguíneos, seu comportamento é pueril. Ouve o marido falar em ir ao teatro e, sem entender que se tratava de uma metáfora para encobrir seu relacionamento extraconjugal, pede para acompanhá-lo. Trata-se, portanto, de um menino interessado em não apenas conhecer, mas sobretudo participar, dos hábitos da corte: quer ir à missa do galo, cursar preparatórios e frequentar teatros. Na noite de Natal, após o jantar e todos se recolherem, o narrador se vê envolvido por aquela imagem noturna que conversa com ele sobre banalidades; como o próprio livro que lê e outros títulos românticos, a diferença entre a missa do galo na corte e no interior, o sono leve da mãe que permanecia dormindo, a decoração da casa e outros pontos tão frugais que não guardavam em si qualquer tipo de informação relevante. A única relevância era a própria figura da anfitriã que, longe do marido, resolveu permanecer, em trajes de dormir, ao lado do menino, enquanto ele aguardava a hora da missa.



O importante, porém, é compreender que Machado constrói a perspectiva da dúvida, sobretudo para o leitor que não tem mais informações acerca do caráter de Conceição, mas a sabe traída e conhecedora da traição. Sabe também que a casa gozava de costumes velhos, como o de todos dormirem muito cedo, mesmo na noite de Natal, que supostamente deveria ser festiva, e que ela se casara rapidamente em segundas núpcias após o falecimento do marido com o escrivão juramentado dele. O que esses dados unidos podem nos ensinar sobre Conceição?

Não há quem não concorde que criar personagens femininas instigantes e misteriosas é uma marca importante do trabalho de Machado. Desde seus romances iniciais, as mulheres, em geral mais fortes e donas de si, são capazes de criar dúvidas na imaginação dos homens que as admiram. Conceição de *A mão e a luva*; Helena do romance homônimo, sem falar em Virgília de *Memórias Póstumas de Brás Cubas* e a grande Capitu, responsável pelo maior enigma de toda a literatura brasileira, com seus olhos de cigana oblíqua e dissimulada. Suas obras românticas têm, em geral, um narrador em terceira pessoa, enquanto no Realismo, o desenvolvimento do narrador personagem tornou-se uma marca de seu trabalho. É claro que a imagem dessas mulheres supostamente misteriosas e de comportamento ambíguo é reforçada pelo caráter do narrador que se deixa levar pela figura que se apresenta a ele ou que ele simplesmente cria em sua imaginação alterada pelos fatores externos.



No caso de Nogueira, de *Missa do Galo*, estamos falando de um jovem que se prepara para assumir uma vida cada vez mais urbana e, portanto, adequada aos padrões de comportamento que aprendia na casa do escrivão Meneses. Não estaria nada descontextualizado das atitudes comuns na cidade, ter um envolvimento amoroso, ou apenas um fortuito encontro sexual, com a esposa daquele que o hospedava no Rio de Janeiro, o mesmo que deixava a esposa em casa para visitar suas amantes sob o pretexto de ir ao teatro. Dessa forma, Nogueira é um jovem que vive um momento de transição para a vida adulta, tem apenas 17 anos e vai conhecer a missa do galo na corte carioca, estudar preparatórios e se envolver com uma mulher mais velha e casada. Depois de tudo isso, estaria finalmente pronto para se tornar adulto.

O tema da transição entre infância e maturidade também não é pouco comum na obra de Machado. *Conto de escola*, por exemplo, é um trabalho importante do autor, em que um menino – o narrador e protagonista Pilar – aprende, na escola, lições de delação, mentira e corrupção, ao que parece, para Machado, comportamentos que todo adulto deve dominar. Nada surpreendente, em se tratando do autor conhecido por sua ironia tão ferina. A questão importante, porém, é que *Conto de escola* se passa em 1840, ano da maioridade de D. Pedro II, o que coloca a questão política como uma referência indireta do enredo. Dos três contos reunidos nessa coletânea, *Missa do Galo* é o único que não menciona uma data precisa, mas cabe lembrar que foi publicado pela primeira vez em 1893, pouco depois da proclamação da república brasileira e desta vez, é o próprio Brasil quem ensaia seus primeiros passos rumo à maturidade.

Neste texto, o adultério do marido é referido como um comportamento normal e aceito pela sociedade, e o feminino, mais uma vez, apenas sugerido. Não existe qualquer sentimento declarado entre Nogueira e Conceição. O máximo que poderia acontecer entre os dois seria uma relação fortuita que satisfizesse a curiosidade do menino em formação e pudesse ser a vingança da mulher que se sabia traída pelo marido.

No momento da narração, Nogueira está mais velho e diz que nunca pode entender a conversação que teve com Conceição naquela noite. Afinal, o que de tão estranho acontecera entre os dois e que se manteve obscuro na visão de Nogueira, mesmo algum tempo depois do ocorrido? Seu estranhamento está diretamente relacionado às imagens que viu, às respirações mais longas, aos movimentos que preencheram os espaços vazios da sala de visitas, uma vez que as palavras ditas, salvo raríssimas exceções, não geravam qualquer ambiguidade para seu entendimento. Não há provas de que Conceição tenha se insinuado sensualmente sobre Nogueira pelas palavras que pronunciara, ela não teria sido nada mais do que uma zelosa anfitriã, preocupada com o bem estar de seu hóspede que aguardava sozinho o horário da missa que tanto desejava assistir. Nada do que falara ou fizera naquele curto espaço de tempo seria suficiente para desabonar seu caráter e seu comportamento.

Se considerarmos a sequência desses três contos, podemos perceber a crescente maturidade narrativa de Machado de Assis ao dar ao tema do adultério feminino tratamentos tão diferentes e, de certa forma, complementares: o fato consumado em *A cartomante*, a declaração não realizada em *A causa secreta* e a sugestão em *Missa do Galo*. Três abordagens diferentes para um tema tão caro à estética realista, corroborando a complexidade de representação da realidade de um autor tão surpreendente como o nosso Machado de Assis.

*Maurício Soares Filho*

# A CARTOMANTE

*Este conto foi publicado originalmente na*
Gazeta de notícias *- Rio de Janeiro, em 1884.*
*Posteriormente foi incluído no livro*
Várias histórias, *publicado em 1896 pela*
*editora Laemmert.*

Hamlet observa a Horácio que há mais coisas no céu e na terra do que sonha a nossa filosofia.[1] Era a mesma explicação que dava a bela Rita ao moço Camilo, numa sexta-feira de novembro de 1869[2], quando este ria dela, por ter ido na véspera consultar uma cartomante; a diferença é que o fazia por outras palavras.

— Ria, ria. Os homens são assim; não acreditam em nada. Pois saiba que fui, e que ela adivinhou o motivo da consulta, antes mesmo que eu lhe dissesse o que era. Apenas começou a botar as cartas, disse-me: "A senhora gosta de uma pessoa..." Confessei que sim, e então ela continuou a botar as cartas, combinou-as, e no fim declarou-me que eu tinha medo de que você me esquecesse, mas que não era verdade...

— Errou! Interrompeu Camilo, rindo.

— Não diga isso, Camilo. Se você soubesse como eu tenho andado, por sua causa. Você sabe; já lhe disse. Não ria de mim, não ria...

Camilo pegou-lhe nas mãos e olhou para ela sério e fixo. Jurou que lhe queria muito, que os seus sustos pareciam



1. Exemplo de intertextualidade, recurso normalmente utilizado por Machado de Assis. Neste caso a citação refere-se à peça *Hamlet*, escrita entre 1600 e 1601 pelo dramaturgo inglês William Shakespeare.
2. O conto se passa durante o período histórico do *segundo reinado* (1831-1889), claramente delimitado pelo narrador na passagem.

de criança; em todo o caso, quando tivesse algum receio, a melhor cartomante era ele mesmo. Depois, repreendeu-a; disse-lhe que era imprudente andar por essas casas. Vilela podia sabê-lo, e depois...

— Qual saber! tive muita cautela, ao entrar na casa.

— Onde é a casa?

— Aqui perto, na rua da Guarda Velha[3]; não passava ninguém nessa ocasião. Descansa; eu não sou maluca.

Camilo riu outra vez:

— Tu crês deveras nessas coisas? – perguntou-lhe.

Foi então que ela, sem saber que traduzia *Hamlet* em vulgar, disse-lhe que havia muita coisa misteriosa e verdadeira neste mundo. Se ele não acreditava, paciência; mas o certo é que a cartomante adivinhara tudo. Que mais? A prova é que ela agora estava tranquila e satisfeita.



Cuido que ele ia falar, mas reprimiu-se. Não queria arrancar-lhe as ilusões. Também ele, em criança, e ainda depois, foi supersticioso, teve um arsenal inteiro de crendices, que a mãe lhe incutiu e que aos vinte anos desapareceram. No dia em que deixou cair toda essa vegetação parasita, e ficou só o tronco da religião, ele, como tivesse recebido da mãe ambos

3. Referência clara a um local da cidade do Rio de Janeiro. Observe como Machado de Assis situa suas narrativas muito objetivamente na cidade em que viveu.

os ensinos, envolveu-os na mesma dúvida, e logo depois em uma só negação total.[4] Camilo não acreditava em nada. Por quê? Não poderia dizê-lo, não possuía um só argumento; limitava-se a negar tudo. E digo mal, porque negar é ainda afirmar, e ele não formulava a incredulidade; diante do mistério, contentou-se em levantar os ombros, e foi andando.

Separaram-se contentes, ele ainda mais que ela. Rita estava certa de ser amada; Camilo, não só o estava, mas via-a estremecer e arriscar-se por ele, correr às cartomantes, e, por mais que a repreendesse, não podia deixar de sentir-se lisonjeado. A casa do encontro era na antiga rua dos Barbonos, onde morava uma comprovinciana de Rita. Esta desceu pela rua das Mangueiras, na direção de Botafogo, onde residia; Camilo desceu pela da Guarda Velha, olhando de passagem para a casa da cartomante.

Vilela, Camilo e Rita, três nomes, uma aventura, e nenhuma explicação das origens. Vamos a ela.[5] Os dois primeiros eram amigos de infância. Vilela seguiu a carreira



4. O narrador em terceira pessoa revela sua onisciência e sua proximidade com a subjetividade de Camilo. A metáfora utilizada para referir-se à religiosidade da personagem é pouco convencional e merece destaque. As crendices são representadas aqui pela vegetação parasita e, a religião, pelo tronco, ambos incutidos na alma dele pela mãe.
5. Comentário metalinguístico do narrador, em diálogo direto com o leitor. A aplicação desse recurso gera um efeito de aproximação entre narrador e leitor, como se ambos pudessem, de certa maneira, tornarem-se cúmplices.

de magistrado. Camilo entrou no funcionalismo, contra a vontade do pai, que queria vê-lo médico; mas o pai morreu, e Camilo preferiu não ser nada, até que a mãe lhe arranjou um emprego público.[6] No princípio de 1869, voltou Vilela da província, onde casara com uma dama formosa e tonta; abandonou a magistratura e veio abrir banca de advogado. Camilo arranjou-lhe casa para os lados de Botafogo, e foi a bordo recebê-lo.

— É o senhor? – exclamou Rita, estendendo-lhe a mão. Não imagina como meu marido é seu amigo; falava sempre do senhor.



Camilo e Vilela olharam-se com ternura. Eram amigos deveras. Depois, Camilo confessou de si para si que a mulher do Vilela não desmentia as cartas do marido. Realmente, era graciosa e viva nos gestos, olhos cálidos, boca fina e interrogativa. Era um pouco mais velha que ambos: contava trinta anos; Vilela, vinte e nove, e Camilo, vinte e seis. Entretanto, o porte grave de Vilela fazia-o parecer mais velho que a mulher, enquanto Camilo era um ingênuo na vida moral e

---

6. Além de criticar explicitamente o funcionalismo público neste trecho, o autor menciona uma política muito conhecida dos brasileiros: o apadrinhamento. Isso fica claro quando se observa que foi a mãe de Camilo quem lhe "arranjou" o emprego público, de onde entende-se que ele não conseguiria tal colocação por seus próprios méritos. Soma-se essa a todas as outras características da personagem de que o leitor já possui até aqui.

prática. Faltava-lhe tanto a ação do tempo, como os óculos de cristal, que a natureza põe no berço de alguns para adiantar os anos. Nem experiência, nem intuição.[7]

Uniram-se os três. Convivência trouxe intimidade. Pouco depois morreu a mãe de Camilo, e nesse desastre, que o foi, os dois mostraram-se grandes amigos dele. Vilela cuidou do enterro, dos sufrágios[8] e do inventário; Rita tratou especialmente do coração, e ninguém o faria melhor.

Como daí chegaram ao amor, não o soube ele nunca. A verdade é que gostava de passar as horas ao lado dela; era a sua enfermeira moral, quase uma irmã, mas principalmente era mulher e bonita. *Odor di femina*:[9] eis o que ele aspirava nela, e em volta dela, para incorporá-lo em si próprio. Liam os mesmos livros, iam juntos a teatros e passeios. Camilo ensinou-lhe as damas e o xadrez, e jogavam às noites; – ela, mal, – ele, para lhe ser agradável, pouco menos mal. Até aí as coisas. Agora a ação da pessoa, os olhos teimosos de Rita,



7. Longas descrições físicas das personagens não fazem parte do estilo machadiano. Note como neste ponto, ao descrever brevemente as três figuras, o narrador acaba valorizando características mais psicológicas do que físicas, sobretudo no caso de Camilo, tido como ingênuo e puro.
8. Sufrágio: oração ou ato piedoso que se faz em favor da alma dos mortos.
9. Do italiano: "aroma de mulher". Ainda que Rita exercesse o papel de "enfermeira moral" de Camilo e fosse "quase uma irmã" para ele, fica claro a partir desse comentário que ele nunca se esquecia do fato dela ser uma mulher e que olhava para ela dessa maneira.

que procuravam muita vez os dele, que os consultavam antes de o fazer ao marido, as mãos frias, as atitudes insólitas. Um dia, fazendo ele anos, recebeu de Vilela uma rica bengala de presente, e de Rita apenas um cartão com um vulgar cumprimento a lápis, e foi então que ele pôde ler no próprio coração; não conseguia arrancar os olhos do bilhetinho. Palavras vulgares; mas há vulgaridades sublimes, ou, pelo menos, deleitosas. A velha caleça[10] de praça, em que pela primeira vez passeaste com a mulher amada, fechadinhos ambos, vale o carro de Apolo[11]. Assim é o homem, assim são as coisas que o cercam.



Camilo quis sinceramente fugir, mas já não pôde. Rita, como uma serpente, foi-se acercando dele, envolveu-o todo, fez-lhe estalar os ossos num espasmo, e pingou-lhe o veneno na boca. Ele ficou atordoado e subjugado. Vexame, sustos, remorsos, desejos, tudo sentiu de mistura; mas a batalha foi curta e a vitória delirante. Adeus, escrúpulos! Não tardou que o sapato se acomodasse ao pé, e aí foram ambos, estrada fora, braços dados, pisando folgadamente por cima de ervas

10. Caleça era uma carruagem, de dois lugares, puxada por tração animal (cavalos). A designação "de praça" indica que se tratava de um veículo de aluguel.
11. Neste ponto, Machado faz uma pequena digressão, ou seja, interrompe a narrativa para propor uma reflexão sobre algo que foi mencionado no texto. Aqui, especificamente, Apolo refere-se à divindade grega que representa o deus luz. O trecho reflete o quanto o mundo em torno se transforma quando visto pela ótica daquele que ama.

e pedregulhos, sem padecer nada mais que algumas saudades, quando estavam ausentes um do outro.[12] A confiança e estima de Vilela continuavam a ser as mesmas.

Um dia, porém, recebeu Camilo uma carta anônima, que lhe chamava imoral e pérfido, e dizia que a aventura era sabida de todos. Camilo teve medo, e, para desviar as suspeitas, começou a rarear as visitas à casa de Vilela. Este notou-lhe as ausências. Camilo respondeu que o motivo era uma paixão frívola de rapaz. Candura gerou astúcia. As ausências prolongaram-se, e as visitas cessaram inteiramente. Pode ser que entrasse também nisso um pouco de amor-próprio, uma intenção de diminuir os obséquios do marido, para tornar menos dura a aleivosia[13] do ato.[14]

Foi por esse tempo que Rita, desconfiada e medrosa, correu à cartomante para consultá-la sobre a verdadeira causa do procedimento de Camilo. Vimos[15] que a cartomante restituiu-lhe



12. Observe a metáfora pouco convencional utilizada aqui pelo autor. Para explicar que depois da primeira vez que se encontraram perderam qualquer escrúpulo, o narrador compara a situação com um sapato apertado que, aos poucos, vai se acomodando aos pés e passa a pisar tranquilamente sobre ervas e pedregulhos.
13. Aleivosia: traição, dolo, fraude; crime grave cometido com falsas mostras de amizade.
14. Mais uma vez o narrador encaminha o leitor para a subjetividade de Camilo. Ao narrar suas atitudes, sugere as razões psicológicas que o levaram a tomá-las, fazendo com que a cumplicidade do leitor com a personagem aumente ainda mais.
15. Novo comentário metalinguístico do narrador.

a confiança e que o rapaz repreendeu-a por ter feito o que fez. Correram ainda algumas semanas.[16] Camilo recebeu mais duas ou três cartas anônimas, tão apaixonadas, que não podiam ser advertência da virtude, mas despeito de algum pretendente; tal foi a opinião de Rita, que, por outras palavras mal-compostas, formulou este pensamento: "a virtude é preguiçosa e avara, não gasta tempo nem papel; só o interesse é ativo e pródigo".[17]

Nem por isso Camilo ficou mais sossegado; temia que o anônimo fosse ter com Vilela, e a catástrofe viria então sem remédio. Rita concordou que era possível.

— Bem - disse ela - eu levo os sobrescritos para comparar a letra com a das cartas que lá aparecerem; se alguma for igual, guardo-a e rasgo-a...



Nenhuma apareceu; mas daí a algum tempo Vilela começou a mostrar-se sombrio, falando pouco, como desconfiado. Rita deu-se pressa em dizê-lo ao outro, e sobre isso deliberaram. A opinião dela é que Camilo devia tornar à casa deles, tatear o marido, e pode ser até que lhe ouvisse a confidência de algum

16. Observe o domínio absoluto do narrador sobre o tempo da narrativa. Aqui faz-se uma referência ao início do conto, quando Rita contava a Camilo que tinha visitado uma cartomante e, com esse comentário, fecha-se um ciclo em que o leitor tem esclarecidos todos os motivos que geraram a história narrada.
17. Mais uma reflexão filosófica inserida na narração, por meio da personificação de elementos como a virtude e interesse. No caso, o narrador afirma que as pessoas só se dedicam realmente a algo quando têm um interesse direto envolvido, nunca apenas pela moral, que, normalmente, não compensa o esforço.

negócio particular. Camilo divergia; aparecer depois de tantos meses era confirmar a suspeita ou denúncia. Mais valia acautelarem-se, sacrificando-se por algumas semanas. Combinaram os meios de se corresponderem, em caso de necessidade, e separaram-se com lágrimas.

No dia seguinte, estando na repartição, recebeu Camilo este bilhete de Vilela: "Vem já, já, à nossa casa; preciso falar-te sem demora." Era mais de meio-dia. Camilo saiu logo; na rua, advertiu que teria sido mais natural chamá-lo ao escritório; por que em casa?[18] Tudo indicava matéria especial, e a letra, fosse realidade ou ilusão, afigurou-se-lhe trêmula. Ele combinou todas essas coisas com a notícia da véspera.

— Vem já, já, à nossa casa; preciso falar-te sem demora. - repetia ele com os olhos no papel.

Imaginariamente, viu a ponta da orelha de um drama, Rita subjugada e lacrimosa, Vilela indignado, pegando na pena e escrevendo o bilhete, certo de que ele acudiria, e esperando-o para matá-lo. Camilo estremeceu, tinha medo: depois sorriu amarelo, e em todo caso repugnava-lhe a ideia de recuar, e foi andando. De caminho, lembrou-se de ir a

18. Neste trecho percebemos que a enunciação do narrador confunde-se com a fala da personagem, recurso conhecido como discurso indireto livre, o que, no caso, contribui ainda mais para a aproximação entre leitor e personagem. Convém ressaltar que a utilização de tal técnica está alinhada com o que havia de mais moderno em termos literários à época.

casa; podia achar algum recado de Rita, que lhe explicasse tudo. Não achou nada, nem ninguém. Voltou à rua, e a ideia de estarem descobertos parecia-lhe cada vez mais verossímil; era natural uma denúncia anônima, até da própria pessoa que o ameaçara antes; podia ser que Vilela conhecesse agora tudo. A mesma suspensão das suas visitas, sem motivo aparente, apenas com um pretexto fútil, viria confirmar o resto.[19]

Camilo ia andando inquieto e nervoso. Não relia o bilhete, mas as palavras estavam decoradas, diante dos olhos, fixas; ou então, – o que era ainda pior, – eram-lhe murmuradas ao ouvido, com a própria voz de Vilela. "Vem já, já à nossa casa; preciso falar-te sem demora." Ditas, assim, pela voz do outro, tinham um tom de mistério e ameaça. Vem, já, já, para quê?[20] Era perto de uma hora da tarde. A comoção crescia de minuto a minuto. Tanto imaginou o que se iria passar, que chegou a crê-lo e vê-lo. Positivamente, tinha medo. Entrou a cogitar em ir armado, considerando que, se nada houvesse, nada perdia, e a precaução era útil. Logo depois rejeitava a ideia, vexado de si mesmo, e seguia, picando o passo, na



19. Observe como, aos poucos, a situação vai ganhando um contorno claro na cabeça do protagonista. Camilo "desenha" os acontecimentos , imaginando como eles serão e encontra explicações e justificativas plausíveis para tudo o que ele próprio criou.
20. Novamente, um exemplo de discurso indireto livre.

direção do largo da Carioca, para entrar num tílburi[21]. Chegou, entrou e mandou seguir a trote largo.

— Quanto antes, melhor, pensou ele; não posso estar assim...[22]

Mas o mesmo trote do cavalo veio agravar-lhe a comoção. O tempo voava, e ele não tardaria a entestar[23] com o perigo. Quase no fim da rua da Guarda Velha, o tílburi teve de parar; a rua estava atravancada com uma carroça, que caíra. Camilo, em si mesmo, estimou o obstáculo, e esperou. No fim de cinco minutos, reparou que ao lado, à esquerda, ao pé do tílburi, ficava a casa da cartomante, a quem Rita consultara uma vez, e nunca ele desejou tanto crer na lição das cartas. Olhou, viu as janelas fechadas, quando todas as outras estavam abertas e pejadas[24] de curiosos do incidente da rua. Dir-se-ia a morada do indiferente Destino.[25]



21. Tílburi: carruagem montada sobre duas rodas, puxada por um único animal, sem boleia, com capota e dois assentos.
22. Neste ponto da narrativa, há uma aceleração clara no ritmo dos acontecimentos narrados. Observe como as frases são curtas e o leitor tem a impressão de acompanhar o sobressalto de Camilo por receber a enigmática mensagem de seu amigo Vilela. Este é um recurso claramente empregado por Machado para, mais uma vez, inserir o leitor na história e torná-lo cúmplice do protagonista.
23. Entestar: enfrentar, dar de frente para.
24. Pejadas: repletas, cheias, pesadas.
25. A forma como o narrador define a impressão de Camilo sobre a casa onde morava a cartomante já revela que ele está simpático à ideia de acreditar nas palavras dela. O personagem que foi apresentado como alguém que "não acreditava em nada" inicia um processo claro de transformação e passa a recuperar algumas crendices que a mãe lhe incutira ainda criança. Observe como o narrador é hábil em conduzir essa mudança a partir deste ponto.

Camilo reclinou-se no tílburi, para não ver nada. A agitação dele era grande, extraordinária, e do fundo das camadas morais emergiam alguns fantasmas de outro tempo, as velhas crenças, as superstições antigas. O cocheiro propôs-lhe voltar a primeira travessa e ir por outro caminho; ele respondeu que não, que esperasse. E inclinava-se para fitar a casa... Depois fez um gesto incrédulo: era a ideia de ouvir a cartomante, que lhe passava ao longe, muito longe, com vastas asas cinzentas; desapareceu, reapareceu, e tornou a esvair-se no cérebro; mas daí a pouco moveu outra vez as asas, mais perto, fazendo uns giros concêntricos...[26] Na rua, gritavam os homens, safando a carroça:



— Anda! agora! empurra! vá! vá!

Daí a pouco estaria removido o obstáculo. Camilo fechava os olhos, pensava em outras coisas; mas a voz do marido sussurrava-lhe às orelhas as palavras da carta: "Vem já, já..." E ele via as contorções do drama e tremia. A casa olhava para ele. As pernas queriam descer e entrar... Camilo achou-se diante de um longo véu opaco... pensou rapidamente no inexplicável de tantas coisas. A voz da mãe repetia-lhe uma porção

26. A utilização de metáforas insólitas é mais um elemento que caracteriza Machado de Assis como um autor especial. A imagem atribuída à ideia de ver a cartomante que vem voando com vastas asas cinzentas e passa a dar giros concêntricos em torno da mente da personagem é um dos pontos altos da narrativa e explicitam a intensa movimentação interior de Camilo.

de casos extraordinários; e a mesma frase do príncipe de Dinamarca reboava-lhe[27] dentro: "Há mais coisas no céu e na terra do que sonha a filosofia...". Que perdia ele, se...?[28]

Deu por si na calçada, ao pé da porta; disse ao cocheiro que esperasse, e rápido enfiou pelo corredor, e subiu a escada. A luz era pouca, os degraus comidos dos pés, o corrimão pegajoso; mas ele não viu nem sentiu nada. Trepou e bateu. Não aparecendo ninguém, teve ideia de descer; mas era tarde, a curiosidade fustigava-lhe o sangue, as fontes latejavam-lhe; ele tornou a bater uma, duas, três pancadas. Veio uma mulher; era a cartomante. Camilo disse que ia consultá-la, ela fê-lo entrar. Dali subiram ao sótão, por uma escada ainda pior que a primeira e mais escura. Em cima, havia uma salinha, mal alumiada por uma janela, que dava para os telhados do fundo. Velhos trastes, paredes sombrias, um ar de pobreza, que antes aumentava do que destruía o prestígio.[29]



27. Hamlet também é conhecido como "Príncipe da Dinamarca". Aqui é referida novamente a frase da peça homônima, porém agora ela reboa (ecoa, ressoa) na mente de Camilo.
28. Mais um exemplo de discurso indireto livre.
29. Observe como, ao longo de todo parágrafo, o narrador alterna elementos descritivos do ambiente em que vive a cartomante, o relato das ações do protagonista e sua impressões subjetivas. Essa forma de estruturar a narrativa cria uma teia que envolve o leitor por vários lados, fazendo com que participemos diretamente da história e passemos a compartilhar as descobertas de Camilo.

A cartomante[30] fê-lo sentar diante da mesa, e sentou-se do lado oposto, com as costas para a janela, de maneira que a pouca luz de fora batia em cheio no rosto de Camilo. Abriu uma gaveta e tirou um baralho de cartas compridas e enxovalhadas. Enquanto as baralhava, rapidamente, olhava para ele, não de rosto, mas por baixo dos olhos. Era uma mulher de quarenta anos, italiana, morena e magra, com grandes olhos sonsos e agudos. Voltou três cartas sobre a mesa, e disse-lhe:

— Vejamos primeiro o que é que o traz aqui. O senhor tem um grande susto...

Camilo, maravilhado, fez um gesto afirmativo.



— E quer saber - continuou ela - se lhe acontecerá alguma coisa ou não...

— A mim e a ela - explicou vivamente ele.

A cartomante não sorriu; disse-lhe só que esperasse. Rápido pegou outra vez as cartas e baralhou-as, com os longos dedos finos, de unhas descuradas; baralhou-as bem, transpôs os maços, uma, duas, três vezes; depois começou a estendê-las. Camilo tinha os olhos nela, curioso e ansioso.

30. Preste muita atenção a todo o comportamento da cartomante no momento da consulta. O narrador deixa bem clara sua intenção na caracterização das atitudes dela e isso, na maioria das vezes, passa despercebido para alguém que esteja lendo o texto pela primeira vez: o local em que ela põe Camilo sentado, a forma como olha para ele, a reação que tem às respostas ansiosas que ele dá, etc... Tudo isso é fundamental para atribuir lógica ao enredo e perceber a coerência perfeita dos acontecimentos da história.

— As cartas dizem-me...

Camilo inclinou-se para beber uma a uma as palavras. Então ela declarou-lhe que não tivesse medo de nada. Nada aconteceria nem a um nem a outro; ele, o terceiro, ignorava tudo. Não obstante, era indispensável mais cautela; ferviam invejas e despeitos. Falou-lhe do amor que os ligava, da beleza de Rita... Camilo estava deslumbrado. A cartomante acabou, recolheu as cartas e fechou-as na gaveta.

— A senhora restituiu-me a paz ao espírito – disse ele estendendo a mão por cima da mesa e apertando a da cartomante.

Esta levantou-se, rindo.

— Vá, disse ela; vá, *ragazzo innamorato*[31]...



E de pé, com o dedo indicador, tocou-lhe na testa. Camilo estremeceu, como se fosse mão da própria sibila[32], e levantou-se também. A cartomante foi à cômoda, sobre a qual estava um prato com passas, tirou um cacho destas, começou a despencá-las e comê-las, mostrando duas fileiras de dentes que desmentiam as unhas.[33] Nessa mesma ação comum, a mulher tinha um ar particular. Camilo, ansioso por sair, não sabia como pagasse; ignorava o preço.

31. *Ragazzo innamorato*: do italiano, "rapaz enamorado".

32. Sibila: profetisa inspirada por Apolo, encarregada de dar a conhecer os oráculos desse deus.

33. Mais um recurso pouco convencional utilizado por Machado para descrever fisicamente a personagem. A comparação entre a fileira de dentes e as unhas revela que seus dentes eram bem tratados, o que ajuda a compor a figura completa da cartomante.

— Passas custam dinheiro – disse ele afinal, tirando a carteira. – Quantas quer mandar buscar?

— Pergunte ao seu coração, respondeu ela.

Camilo tirou uma nota de dez mil-réis, e deu-lha. Os olhos da cartomante fuzilaram. O preço usual era dois mil-réis.

— Vejo bem que o senhor gosta muito dela... E faz bem; ela gosta muito do senhor. Vá, vá tranquilo. Olhe a escada, é escura; ponha o chapéu...

A cartomante tinha já guardado a nota na algibeira[34], e descia com ele, falando, com um leve sotaque. Camilo despediu-se dela embaixo e desceu a escada que levava à rua, enquanto a cartomante, alegre com a paga, tornava acima, cantarolando uma barcarola[35]. Camilo achou o tílburi esperando; a rua estava livre. Entrou e seguiu a trote largo.

Tudo lhe parecia agora melhor, as outras coisas traziam outro aspecto, o céu estava límpido, e as caras, joviais. Chegou a rir dos seus receios, que chamou pueris; recordou os termos da carta de Vilela e reconheceu que eram íntimos e familiares. Onde é que ele lhe descobrira a ameaça? Advertiu também



34. Algibeira: bolso ou bolsa que se usava no vestuário. Podia fazer parte de alguma peça da roupa (como o colete, normalmente no vestuário masculino) ou ser uma peça separada em forma de saquinho que se prendia à cintura (normalmente no vestuário feminino).

35. Barcarola: canção dos barqueiros italianos em geral e dos gondoleiros de Veneza em particular. A palavra foi apropriada para designar tipo de canção evocadora de romantismo e com andamento dolente.

que eram urgentes, e que fizera mal em demorar-se tanto; podia ser algum negócio grave e gravíssimo.[36]

— Vamos, vamos depressa – repetia ele ao cocheiro.

E consigo, para explicar a demora ao amigo, engenhou qualquer coisa; parece que formou também o plano de aproveitar o incidente para tornar à antiga assiduidade... De volta com os planos, reboavam-lhe na alma as palavras da cartomante. Em verdade, ela adivinhara o objeto da consulta, o estado dele, a existência de um terceiro; por que não adivinharia o resto? O presente que se ignora vale o futuro. Era assim, lentas e contínuas, que as velhas crenças do rapaz iam tornando ao de cima, e o mistério empolgava-o com as unhas de ferro. Às vezes queria rir, e ria de si mesmo, algo vexado; mas a mulher, as cartas, as palavras secas e afirmativas, a exortação: — "Vá, vá, *ragazzo innamorato*"; e no fim, ao longe, a barcarola da despedida, lenta e graciosa, tais eram os elementos recentes, que formavam, com os antigos, uma fé nova e vivaz.[37]



36. Observe como, neste ponto da narrativa, Camilo está completamente transformado e, associa-se à sua transformação interna, uma alteração no cenário que o cerca, a forma como ele lê a mensagem enviada por Vilela e as ações frente ao problema que tem para resolver na casa do amigo.
37. Ao se referir às antigas crenças de Camilo, o narrador completa a transformação moral da personagem. Inicialmente influenciado pela mãe, depois seduzido por Rita e agora totalmente fascinado pelas previsões da cartomante, a ascendência feminina sobre ele é um dado inquestionável de seu caráter.

A verdade é que o coração ia alegre e impaciente, pensando nas horas felizes de outrora e nas que haviam de vir. Ao passar pela Glória, Camilo olhou para o mar, estendeu os olhos para fora, até onde a água e o céu dão um abraço infinito, e teve assim uma sensação do futuro, longo, longo, interminável.

Daí a pouco chegou à casa de Vilela. Apeou-se, empurrou a porta de ferro do jardim e entrou. A casa estava silenciosa. Subiu os seis degraus de pedra, e mal teve tempo de bater, a porta abriu-se, e apareceu-lhe Vilela.

— Desculpa, não pude vir mais cedo; que há?

Vilela não lhe respondeu; tinha as feições decompostas; fez-lhe sinal, e foram para uma saleta interior. Entrando, Camilo não pôde sufocar um grito de terror: ao fundo sobre o canapé[38] estava Rita morta e ensanguentada. Vilela pegou-o pela gola e, com dois tiros de revólver, estirou-o morto no chão.



38. Canapé: espécie de sofá com encosto, braço e almofada para os cotovelos, para duas ou três pessoas.

# A causa secreta

*Conto publicado originalmente na*
Gazeta de notícias *e agrupado*
*em 1896 no livro* Várias histórias

Garcia, em pé, mirava e estalava as unhas; Fortunato, na cadeira de balanço, olhava para o teto; Maria Luísa, perto da janela, concluía um trabalho de agulha[1]. Havia já cinco minutos que nenhum deles dizia nada. Tinham falado do dia, que estivera excelente, de Catumbi, onde morava o casal Fortunato, e de uma casa de saúde, que adiante se explicará[2]. Como os três personagens aqui presentes estão agora mortos e enterrados, tempo é de contar a história sem rebuço[3].

Tinham falado também de outra coisa, além daquelas três, coisa tão feia e grave, que não lhes deixou muito gosto para tratar do dia, do bairro e da casa de saúde[4]. Toda a conversação a este respeito foi constrangida. Agora mesmo, os dedos de Maria Luísa parecem ainda trêmulos, ao passo que há



1. A técnica do começo abrupto é utilizada neste conto de maneira radical. As personagens são colocadas em cena sem que tenha havido qualquer preparação pelo narrador. O leitor não sabe quem são, e nem tampouco que relação mantém entre si. Esta forma de começar uma narrativa contribui para o aumento do interesse a respeito da trama que se vai narrar.
2. A metalinguagem surge como um recurso importante logo no início da narrativa. O narrador passa a comentar com o leitor o que narra, referindo-se ao próprio conto, quando avisa que explicará a referência à casa de saúde "adiante" em seu texto.
3. Rebuço: dissimulação, disfarce. No primeiro parágrafo do conto, o narrador adverte o leitor que as personagens da história já estão mortas e enterradas no momento da narração. O texto será então uma narrativa em *flashback*.
4. Com a informação de que houve outro assunto na conversação entre as personagens capaz de gerar grande constrangimento entre eles, aumenta a expectativa do leitor em entender o que está acontecendo na cena.

no rosto de Garcia uma expressão de severidade, que lhe não é habitual. Em verdade, o que se passou foi de tal natureza, que para fazê-lo entender é preciso remontar à origem da situação[5].

Garcia tinha-se formado em medicina, no ano anterior, 1861. No de 1860, estando ainda na Escola, encontrou-se com Fortunato, pela primeira vez, à porta da Santa Casa; entrava, quando o outro saía. Fez-lhe impressão a figura; mas, ainda assim, tê-la-ia esquecido, se não fosse o segundo encontro, poucos dias depois. Morava na rua de D. Manoel. Uma de suas raras distrações era ir ao teatro de S. Januário, que ficava perto, entre essa rua e a praia; ia uma ou duas vezes por mês, e nunca achava acima de quarenta pessoas. Só os mais intrépidos ousavam estender os passos até aquele recanto da cidade. Uma noite, estando nas cadeiras, apareceu ali Fortunato, e sentou-se ao pé dele[6].



A peça era um dramalhão, cosido a facadas, ouriçado[7] de imprecações[8] e remorsos; mas Fortunato ouvia-a com

5. Mais uma vez a metalinguagem surge como recurso no texto e o *flashback* é reforçado como opção do autor para contar sua história.
6. Observe como o narrador apresenta seus personagens, o tempo e o espaço em que estão inseridos. Mais uma vez o Rio de Janeiro é o cenário da narrativa, os anos são os do segundo reinado no Brasil e começam a surgir algumas características de Garcia: estudante de medicina que costuma frequentar teatros numa região duvidosa da cidade, onde viu Fortunato pela primeira vez.
7. Ouriçado: que lembra ou se assemelha a ouriço; espinhoso.
8. Imprecações: maldições, pragas.

singular interesse. Nos lances dolorosos, a atenção dele redobrava, os olhos iam avidamente de um personagem a outro, a tal ponto que o estudante suspeitou haver na peça reminiscências pessoais do vizinho. No fim do drama, veio uma farsa; mas Fortunato não esperou por ela e saiu; Garcia saiu atrás dele. Fortunato foi pelo beco do Cotovelo, rua de S. José, até o largo da Carioca. Ia devagar, cabisbaixo, parando às vezes, para dar uma bengalada em algum cão que dormia; o cão ficava ganindo[9] e ele ia andando. No largo da Carioca entrou num tílburi, e seguiu para os lados da praça da Constituição. Garcia voltou para casa sem saber mais nada[10].



Decorreram algumas semanas. Uma noite, eram nove horas, estava em casa, quando ouviu rumor de vozes na escada; desceu logo do sótão, onde morava, ao primeiro andar, onde vivia um empregado do arsenal de guerra. Era este que alguns homens conduziam, escada acima, ensanguentado. O preto que o servia acudiu a abrir a porta; o homem gemia, as vozes eram confusas, a luz pouca.

9. Ganindo: gemendo como os cães fazem.
10. As primeiras informações acerca do caráter de Fortunato são apresentadas neste parágrafo. Não se fala em características físicas e sim em ações que tornam sua figura curiosa para Garcia. Fortunato se interessa de forma excessiva pelos exageros do drama representado e tem o costume de dar bengaladas gratuitas em cachorros que dormem em seu caminho.

Deposto o ferido na cama, Garcia disse que era preciso chamar um médico.

— Já aí vem um – acudiu alguém.

Garcia olhou: era o próprio homem da Santa Casa e do teatro. Imaginou que seria parente ou amigo do ferido; mas rejeitou a suposição, desde que lhe ouvira perguntar se este tinha família ou pessoa próxima. Disse-lhe o preto que não, e ele assumiu a direção do serviço, pediu às pessoas estranhas que se retirassem, pagou aos carregadores e deu as primeiras ordens. Sabendo que o Garcia era vizinho e estudante de medicina pediu-lhe que ficasse para ajudar o médico. Em seguida contou o que se passara.



— Foi uma malta[11] de capoeiras. Eu vinha do quartel de Moura, aonde fui visitar um primo, quando ouvi um barulho muito grande, e logo depois um ajuntamento. Parece que eles feriram também a um sujeito que passava, e que entrou por um daqueles becos; mas eu só vi a este senhor, que atravessava a rua no momento em que um dos capoeiras, roçando por ele, meteu-lhe o punhal. Não caiu logo; disse onde morava e, como era a dois passos, achei melhor trazê-lo.

11. Malta: reunião de indivíduos de má condição social (o uso à época era pejorativo).

— Conhecia-o antes? – perguntou Garcia.

— Não, nunca o vi. Quem é?

— É um bom homem, empregado no arsenal de guerra. Chama-se Gouvêa.

— Não sei quem é.

Médico e subdelegado vieram daí a pouco; fez-se o curativo, e tomaram-se as informações. O desconhecido declarou chamar-se Fortunato Gomes da Silveira, ser capitalista, solteiro, morador em Catumbi[12]. A ferida foi reconhecida grave. Durante o curativo ajudado pelo estudante, Fortunato serviu de criado, segurando a bacia, a vela, os panos, sem perturbar nada, olhando friamente para o ferido, que gemia muito. No fim, entendeu-se particularmente com o médico, acompanhou-o até o patamar da escada, e reiterou ao subdelegado a declaração de estar pronto a auxiliar as pesquisas da polícia. Os dois saíram, ele e o estudante ficaram no quarto.

Garcia estava atônito. Olhou para ele, viu-o sentar-se tranquilamente, estirar as pernas, meter as mãos nas algibeiras das calças e fitar os olhos no ferido. Os olhos eram claros, cor de chumbo, moviam-se devagar, e tinham a expressão dura,



12. O narrador usa o recurso do interrogatório policial para fornecer ao leitor informações precisas acerca de Fortunato e é também através desse depoimento que Garcia fica sabendo quem ele é.

seca e fria. Cara magra e pálida; uma tira estreita de barba, por baixo do queixo, e de uma têmpora a outra, curta, ruiva e rara. Teria quarenta anos. De quando em quando, voltava-se para o estudante e perguntava alguma coisa acerca do ferido; mas tornava logo a olhar para ele, enquanto o rapaz lhe dava a resposta[13]. A sensação que o estudante recebia era de repulsa ao mesmo tempo que de curiosidade; não podia negar que estava assistindo a um ato de rara dedicação, e se era desinteressado como parecia, não havia mais que aceitar o coração humano como um poço de mistérios[14].

Fortunato saiu pouco antes de uma hora; voltou nos dias seguintes, mas a cura fez-se depressa, e, antes de concluída, desapareceu sem dizer ao obsequiado onde morava. Foi o estudante que lhe deu as indicações do nome, rua e número.



— Vou agradecer-lhe a esmola que me fez, logo que possa sair – disse o convalescente.

Correu a Catumbi daí a seis dias. Fortunato recebeu-o constrangido, ouviu impaciente as palavras de agradecimento, deu-lhe uma resposta enfastiada e acabou batendo com as

13. A descrição feita da figura de Fortunato combina aspectos físicos e comportamentais da personagem. A seleção de características feita pelo narrador apresenta um homem muito diferente do convencional.

14. Observe que, embora o narrador conte a história em terceira pessoa, a perspectiva da narração é a de Garcia. A visão que tem de Fortunato é o tema principal do texto e o leitor passa a conhecê-lo pelos olhos do estudante de medicina.

borlas[15] do chambre[16] no joelho. Gouvêa, defronte dele, sentado e calado, alisava o chapéu com os dedos, levantando os olhos de quando em quando, sem achar mais nada que dizer. No fim de dez minutos, pediu licença para sair, e saiu.

— Cuidado com os capoeiras! - disse-lhe o dono da casa, rindo-se[17].

O pobre-diabo saiu de lá mortificado, humilhado, mastigando a custo o desdém, forcejando por esquecê-lo, explicá-lo ou perdoá-lo, para que no coração só ficasse a memória do benefício; mas o esforço era vão. O ressentimento, hóspede novo e exclusivo[18], entrou e pôs fora o benefício, de tal modo que o desgraçado não teve mais que trepar à cabeça e refugiar-se ali como uma simples ideia. Foi assim que o próprio benfeitor insinuou a este homem o sentimento da ingratidão[19].



15. Borlas: enfeite que se usa em roupas e cortinas.
16. Chambre: roupão doméstico, para uso de homem ou mulher, ao se levantar da cama ou andar pela casa.
17. Após um encontro marcado pelo constrangimento, em que nenhum dos dois personagens sabe muito o que dizer, o comentário de Fortunato acerca dos capoeiras soa de muito mal gosto. Afinal, Gouvêa havia acabado de recuperar-se de um ferimento feito justamente por um capoeira, coisa da qual ele não precisava ser lembrado.
18. Observe aqui como o ressentimento, substantivo abstrato, é personificado. Recurso comum no trabalho de Machado, tal personificação ajuda o leitor a compreender o que a personagem está sentindo e como tal sentimento se relaciona com os acontecimentos. No caso, Gouvêa tinha o coração cheio de agradecimento e, um "hóspede novo", o ressentimento, entrou e "pôs fora o benefício".
19. Aqui há uma breve observação filosófica acerca do comportamento humano. O narrador afirma que o sentimento da ingratidão foi sugerido no coração de Gouvêa (o obsequiado) por Fortunato (o benfeitor), o que é bem diferente do esperado. Normalmente o benfeitor espera a gratidão daquele que ajudou e não o ensina a ser ingrato, como aconteceu na passagem.

Tudo isso assombrou o Garcia. Este moço possuía, em germe, a faculdade de decifrar os homens, de decompor os caracteres, tinha o amor da análise, e sentia o regalo, que dizia ser supremo, de penetrar muitas camadas morais, até apalpar o segredo de um organismo. Picado de curiosidade, lembrou-se de ir ter com o homem de Catumbi, mas advertiu que nem recebera dele o oferecimento formal da casa. Quando menos, era-lhe preciso um pretexto, e não achou nenhum[20].

Tempos depois, estando já formado e morando na rua de Matacavalos, perto da do Conde, encontrou Fortunato em uma gôndola, encontrou-o ainda outras vezes, e a frequência trouxe a familiaridade. Um dia Fortunato convidou-o a ir visitá-lo ali perto, em Catumbi.

— Sabe que estou casado?

— Não sabia.

— Casei-me há quatro meses, podia dizer quatro dias. Vá jantar conosco domingo.

— Domingo?



20. Neste ponto, o narrador nos revela, pela primeira vez, características psicológicas de Garcia. Ficamos sabendo que ele é um apaixonado pela análise e que gosta de "investigar" as almas humanas. Como dito no trecho, o comportamento de Fortunato, aguçou-lhe a curiosidade nesse sentido.

— Não esteja forjando desculpas; não admito desculpas. Vá domingo.

Garcia foi lá domingo. Fortunato deu-lhe um bom jantar, bons charutos e boa palestra, em companhia da senhora, que era interessante. A figura dele não mudara; os olhos eram as mesmas chapas de estanho, duras e frias; as outras feições não eram mais atraentes que dantes. Os obséquios, porém, se não resgatavam a natureza, davam alguma compensação, e não era pouco[21]. Maria Luísa é que possuía ambos os feitiços, pessoa e modos. Era esbelta, airosa[22], olhos meigos e submissos; tinha vinte e cinco anos e parecia não passar de dezenove. Garcia, à segunda vez que lá foi[23], percebeu que entre eles havia alguma dissonância de caracteres, pouca ou nenhuma afinidade moral, e da parte da mulher para com o marido uns modos que transcendiam o respeito e confinavam na resignação e no temor. Um dia, estando os três juntos, perguntou Garcia a Maria Luísa se



21. Na descrição combinam-se, como de costume na obra machadiana, características físicas e comportamentais. Fortunato possui uma expressão dura e fria, mas os obséquios frequentes ao convidado, amenizam seu caráter. Observe que é a forma de Fortunato agir o que mais mobiliza a atenção de Garcia, que se refere muito rapidamente ao jantar e à palestra.
22. Airosa: gentil, elegante, garbosa.
23. As personagens ganham mais familiaridade e Garcia passa a frequentar a casa do novo amigo mais assiduamente. Aos poucos, Maria Luísa vai ganhando a atenção do visitante que, inclusive, percebe que não há muita afinidade entre ela e o marido.

tivera notícia das circunstâncias em que ele conhecera o marido.

— Não – respondeu a moça.

— Vai ouvir uma ação bonita.

— Não vale a pena – interrompeu Fortunato.

— A senhora vai ver se vale a pena – insistiu o médico.

Contou o caso da rua de D. Manoel. A moça ouviu-o espantada. Insensivelmente estendeu a mão e apertou o pulso ao marido, risonha e agradecida, como se acabasse de descobrir-lhe o coração[24]. Fortunato sacudia os ombros, mas não ouvia com indiferença. No fim contou ele próprio a visita que o ferido lhe fez, com todos os pormenores da figura, dos gestos, das palavras atadas, dos silêncios, em suma, um estúrdio. E ria muito ao contá-la. Não era o riso da dobrez[25]. A dobrez é evasiva e oblíqua; o riso dele era jovial e franco[26].

"— Singular homem!" – pensou Garcia.

Maria Luísa ficou desconsolada com a zombaria do marido; mas o médico restituiu-lhe a satisfação anterior, voltando



24. O comportamento de Maria Luísa revela que a moça não tinha uma ideia precisa do comportamento do homem com quem se casara e é por meio do caso contado por Garcia que passa a conhecer um aspecto do caráter do marido.
25. Dobrez: duplicidade de ânimo, fingimento.
26. Aqui ocorre uma digressão. O narrador se propõe a refletir sobre um conceito, a partir da observação do comportamento das personagens.

a referir a dedicação deste e as suas raras qualidades de enfermeiro; tão bom enfermeiro, concluiu ele, que, se algum dia fundar uma casa de saúde, irei convidá-lo.

— Valeu? - perguntou Fortunato.

— Valeu o quê?

— Vamos fundar uma casa de saúde?

— Não valeu nada; estou brincando.

— Podia-se fazer alguma coisa; e para o senhor, que começa a clínica, acho que seria bem bom. Tenho justamente uma casa que vai vagar, e serve[27].

Garcia recusou nesse e no dia seguinte; mas a ideia tinha-se metido na cabeça ao outro, e não foi possível recuar mais. Na verdade, era uma boa estreia para ele, e podia vir a ser um bom negócio para ambos. Aceitou finalmente, daí a dias, e foi uma desilusão para Maria Luísa. Criatura nervosa e frágil, padecia só com a ideia de que o marido tivesse de viver em contato com enfermidades humanas, mas não ousou opor-se-lhe, e curvou a cabeça[28]. O plano fez-se e cumpriu-se depressa. Verdade é que Fortunato



27. Há algo de inusitado na proposta que Fortunato faz a Garcia, considerando que ambos se conhecem há muito pouco tempo. A sociedade em uma casa de saúde (já mencionada no início da narrativa) seria um negócio de grande responsabilidade e que os tornariam muito próximos um do outro.

28. O caráter de Maria Luísa fica cada vez mais claro para o leitor. É curioso que, ainda que não concordasse com as propostas do marido, ela se privasse de manifestar sua opinião pessoal.

não curou de mais nada, nem então, nem depois. Aberta a casa, foi ele o próprio administrador e chefe de enfermeiros, examinava tudo, ordenava tudo, compras e caldos, drogas e contas.

Garcia pôde então observar que a dedicação ao ferido da rua D. Manoel não era um caso fortuito, mas assentava na própria natureza deste homem. Via-o servir como nenhum dos fâmulos[29]. Não recuava diante de nada, não conhecia moléstia aflitiva ou repelente, e estava sempre pronto para tudo, a qualquer hora do dia ou da noite. Toda a gente pasmava e aplaudia. Fortunato estudava, acompanhava as operações, e nenhum outro curava os cáusticos[30].



— Tenho muita fé nos cáusticos – dizia ele.

A comunhão dos interesses apertou os laços da intimidade. Garcia tornou-se familiar na casa; ali jantava quase todos os dias, ali observava a pessoa e a vida de Maria Luísa, cuja solidão moral era evidente. E a solidão como que lhe duplicava o encanto. Garcia começou a sentir que alguma coisa o agitava, quando ela aparecia, quando falava, quando trabalhava, calada, ao canto da janela, ou tocava ao piano umas músicas tristes. Manso e manso, entrou-lhe o amor no

29. Fâmulos: criados, servos.

30. Cáusticos: que possuem doença que irrita a pele, empolando-a, decompondo os tecidos como se estes estivessem sujeitos a calor intenso.

coração. Quando deu por ele, quis expeli-lo para que entre ele e Fortunato não houvesse outro laço que o da amizade; mas não pôde. Pôde apenas trancá-lo[31]; Maria Luísa compreendeu ambas as coisas, a afeição e o silêncio, mas não se deu por achada[32].

No começo de outubro deu-se um incidente que desvendou ainda mais aos olhos do médico a situação da moça. Fortunato metera-se a estudar anatomia e fisiologia, e ocupava-se nas horas vagas em rasgar e envenenar gatos e cães[33]. Como os guinchos dos animais atordoavam os doentes, mudou o laboratório para casa, e a mulher, compleição[34] nervosa, teve de os sofrer. Um dia, porém, não podendo mais, foi ter com o médico e pediu-lhe que, como coisa sua, alcançasse do marido a cessação de tais experiências.

— Mas a senhora mesma...



31. É neste momento em que é sugerido o tema do adultério, tão comum no período realista, e na obra machadiana em particular. Garcia percebe que está se sentindo atraído por Maria Luísa e opta por "trancar a paixão dentro de si" para não subverter padrões e conceitos morais que está acostumado a seguir.
32. Perceba a onisciência do narrador quando são fornecidas as informações acerca da impressão que Maria Luísa teve a respeito do amor de Garcia. O leitor entende que, embora soubesse o que o amigo sentia por ela, eles não comentaram o assunto e ela não revelou-se a ele em nenhum momento.
33. A forma como o estudo de anatomia e fisiologia de Fortunato é descrito sugere algo de estranho no comportamento da personagem – "rasgar e envenenar gatos e cães" não é uma atividade comum para aqueles interessados em medicina.
34. Compleição: conjunto de caracteres físicos que se observam numa pessoa com relação à sua saúde: temperamento, organização e constituição do corpo.

Maria Luísa acudiu, sorrindo:

— Ele naturalmente achará que sou criança. O que eu queria é que o senhor, como médico, lhe dissesse que isso me faz mal; e creia que faz...[35]

Garcia alcançou prontamente que o outro acabasse com tais estudos. Se os foi fazer em outra parte, ninguém o soube, mas pode ser que sim. Maria Luísa agradeceu ao médico, tanto por ela como pelos animais, que não podia ver padecer. Tossia de quando em quando; Garcia perguntou-lhe se tinha alguma coisa, ela respondeu que nada.

— Deixe ver o pulso.



— Não tenho nada.

Não deu o pulso, e retirou-se. Garcia ficou apreensivo. Cuidava, ao contrário, que ela podia ter alguma coisa, que era preciso observá-la e avisar o marido em tempo.

Dois dias depois – exatamente o dia em que os vemos agora[36] –, Garcia foi lá jantar. Na sala disseram-lhe que Fortunato estava no gabinete, e ele caminhou para ali; ia chegando à porta, no momento em que Maria Luísa saía aflita.

35. O fato de Maria Luísa não falar diretamente ao marido sobre suas impressões acerca das atividades dele revela mais um dado que se soma à submissão, que já sabíamos que ela dedicava a Fortunato.

36. Observe que o narrador nos remete ao início da história, fazendo uma referência ao tempo em que os fatos ocorrem, localizando o leitor no desenvolvimento da narrativa.

— Que é? – perguntou-lhe.

— O rato! O rato! – exclamou a moça, sufocada e afastando-se.

Garcia lembrou-se que na véspera ouvira ao Fortunato queixar-se de um rato, que lhe levara um papel importante; mas estava longe de esperar o que viu. Viu Fortunato sentado à mesa, que havia no centro do gabinete, e sobre a qual pusera um prato com espírito de vinho. O líquido flamejava. Entre o polegar e o índice da mão esquerda segurava um barbante, de cuja ponta pendia o rato atado pela cauda. Na direita tinha uma tesoura. No momento em que o Garcia entrou, Fortunato cortava ao rato uma das patas; em seguida desceu o infeliz até a chama, rápido, para não matá-lo, e dispôs-se a fazer o mesmo à terceira, pois já lhe havia cortado a primeira. Garcia estacou horrorizado.



— Mate-o logo! – disse-lhe.

— Já vai.

E com um sorriso único, reflexo de alma satisfeita, alguma coisa que traduzia a delícia íntima das sensações supremas, Fortunato cortou a terceira pata ao rato, e fez pela terceira vez o mesmo movimento até a chama. O miserável estorcia-se, guinchando, ensanguentado, chamuscado, e não acabava de morrer. Garcia desviou os olhos, depois voltou-os novamente, e estendeu a mão para impedir que o suplício continuasse, mas não chegou a fazê-lo, porque o diabo do homem impunha medo, com toda aquela serenidade radiosa da fisionomia. Faltava cortar a última pata; Fortunato cortou-a muito devagar, acompanhando a tesoura com os olhos; a pata caiu, e ele ficou olhando para o rato meio cadáver. Ao descê-lo pela quarta vez, até a chama, deu ainda mais rapidez ao gesto, para salvar, se pudesse, alguns farrapos de vida[37].

Garcia, defronte, conseguia dominar a repugnância do espetáculo para fixar a cara do homem. Nem raiva, nem ódio; tão-somente um vasto prazer, quieto e profundo, como daria a outro a audição de uma bela sonata ou a vista de uma estátua divina[38], alguma coisa parecida com a pura sensação estética. Pareceu-lhe, e era verdade, que Fortunato havia-o inteiramente esquecido. Isto posto, não estaria fingindo, e devia ser aquilo mesmo. A chama ia morrendo, o rato podia ser que tivesse ainda um resíduo de vida, sombra de sombra; Fortunato aproveitou-o para cortar-lhe o focinho e pela última vez chegar



37. A descrição detalhada do sadismo de Fortunato é uma das mais festejadas passagens dentre os contos machadianos. As atitudes da personagem são reveladas pelo olhar perplexo de Garcia que, finalmente, compreende todo o comportamento do amigo que sempre lhe pareceu tão misterioso.

38. As comparações propostas pelo narrador dão uma dimensão exata da cena narrada. O comportamento de Fortunato era mais forte que ele e não podia ser controlado É como se a personagem estivesse totalmente mergulhada num estado de êxtase.

a carne ao fogo. Afinal deixou cair o cadáver no prato, e arredou de si toda essa mistura de chamusco e sangue.

Ao levantar-se, deu com o médico e teve um sobressalto. Então, mostrou-se enraivecido contra o animal, que lhe comera o papel; mas a cólera evidentemente era fingida[39].

"Castiga sem raiva", pensou o médico, "pela necessidade de achar uma sensação de prazer, que só a dor alheia lhe pode dar: é o segredo deste homem"[40] .

Fortunato encareceu a importância do papel, a perda que lhe trazia, perda de tempo, é certo, mas o tempo agora era-lhe preciosíssimo. Garcia ouvia só, sem dizer nada, nem lhe dar crédito. Relembrava os atos dele, graves e leves, achava a mesma explicação para todos. Era a mesma troca das teclas da sensibilidade, um diletantismo *sui generis*[41], uma redução de Calígula.



Quando Maria Luísa voltou ao gabinete, daí a pouco, o marido foi ter com ela, rindo, pegou-lhe nas mãos e falou-lhe mansamente:

39. Ao final da cena, Fortunato volta ao normal e, ao perceber que estava sendo observado, procura disfarçar seu modo de agir, simulando raiva pelo rato que, supostamente, "lhe levara um papel importante".
40. Aqui todo o mistério do conto é revelado e seu título passa a fazer absoluto sentido para o leitor. Este é o segredo de Fortunato, é a causa secreta de seu comportamento, desde o início da narrativa.
41. Diletante é originalmente alguém que ama as belas artes e, por extensão, aquele que se ocupa de qualquer assunto por gosto e não obrigação ou ofício. Diletantismo é o caráter ou qualidade de diletante.
*Sui generis*: do latim: especial, peculiar, próprio de.

— Fracalhona!

E voltando-se para o médico:

— Há de crer que quase desmaiou?

Maria Luísa defendeu-se a medo, disse que era nervosa e mulher; depois foi sentar-se à janela com as suas lãs e agulhas, e os dedos ainda trêmulos, tal qual a vimos no começo desta história[42]. Hão de lembrar-se que, depois de terem falado de outras coisas, ficaram calados os três, o marido sentado e olhando para o teto, o médico estalando as unhas. Pouco depois foram jantar; mas o jantar não foi alegre. Maria Luísa cismava e tossia; o médico indagava de si mesmo se ela não estaria exposta a algum excesso na companhia de tal homem. Era apenas possível; mas o amor trocou-lhe a possibilidade em certeza; tremeu por ela e cuidou de os vigiar.



Ela tossia, tossia, e não se passou muito tempo que a moléstia não tirasse a máscara. Era a tísica, velha dama insaciável[43] que chupa a vida toda, até deixar um bagaço de ossos. Fortunato recebeu a notícia como um golpe; amava deveras a mulher, a seu modo, estava acostumado com ela, custa-

42. Metalinguagem – o narrador comenta a história com o leitor, remetendo-o definitivamente ao início do texto e, finalmente, revelando qual o assunto conversado, referido nos primeiros parágrafos do conto, que havia gerado constrangimento entre os três.

43. Metáfora pouco convencional. O narrador associa a doença de Maria Luísa a uma velha dama insaciável que lhe chupava toda a vida.

va-lhe perdê-la. Não poupou esforços, médicos, remédios, ares, todos os recursos e todos os paliativos. Mas foi tudo vão. A doença era mortal.

Nos últimos dias, em presença dos tormentos supremos da moça, a índole do marido subjugou qualquer outra afeição[44]. Não a deixou mais; fitou o olho baço e frio naquela decomposição lenta e dolorosa da vida, bebeu uma a uma as aflições da bela criatura, agora magra e transparente, devorada de febre e minada de morte. Egoísmo aspérrimo, faminto de sensações, não lhe perdoou um só minuto de agonia nem lhos pagou com uma só lágrima, pública ou íntima. Só quando ela expirou, é que ele ficou aturdido. Voltando a si, viu que estava outra vez só.



De noite, indo repousar uma parenta de Maria Luísa, que a ajudara a morrer[45], ficaram na sala Fortunato e Garcia, velando o cadáver, ambos pensativos; mas o próprio marido estava fatigado, o médico disse-lhe que repousasse um pouco.

— Vá descansar, passe pelo sono uma hora ou duas: eu irei depois.

44. Neste ponto, o a narrador afirma que o prazer que Fortunato sente ao contemplar o sofrimento alheio foi mais forte que o amor que sentia pela própria esposa nos últimos dias de vida dela.
45. Exemplo típico da ironia machadiana, referir-se à parenta de Maria Luísa como alguém que a ajudara a morrer.

Fortunato saiu, foi deitar-se no sofá da saleta contígua, e adormeceu logo. Vinte minutos depois acordou, quis dormir outra vez, cochilou alguns minutos, até que se levantou e voltou à sala. Caminhava nas pontas dos pés para não acordar a parenta, que dormia perto. Chegando à porta, estacou assombrado.

Garcia tinha-se chegado ao cadáver, levantara o lenço e contemplara por alguns instantes as feições defuntas. Depois, como se a morte espiritualizasse tudo, inclinou-se e beijou-a na testa. Foi nesse momento que Fortunato chegou à porta. Estacou assombrado; não podia ser o beijo da amizade, podia ser o epílogo de um livro adúltero. Não tinha ciúmes, note-se; a natureza compô-lo de maneira que lhe não deu ciúmes nem inveja, mas dera-lhe vaidade, que não é menos cativa ao ressentimento[46].



Olhou assombrado, mordendo os beiços.

Entretanto, Garcia inclinou-se ainda para beijar outra vez o cadáver; mas então não pôde mais. O beijo rebentou em soluços, e os olhos não puderam conter as lágrimas, que vieram em borbotões, lágrimas de amor calado, e irremediável

46. Mesmo no auge da ação, o narrador se dá a liberdade de fazer uma pequena reflexão digressiva acerca da natureza da vaidade.

desespero. Fortunato, à porta, onde ficara, saboreou tranquilo essa explosão de dor moral que foi longa, muito longa, deliciosamente longa[47].



47. Ainda que desconfiado de uma possível traição de sua mulher e seu sócio, Fortunato se encanta com a explosão de dor de Garcia, e mergulha completamente na observação de seu sofrimento, extraindo muito prazer também desse momento.

Os Três Mosqueteiros
Alexandre Dumas

## Missa do galo

*Conto publicado pela primeira vez em 1893*
*e posteriormente incluído na primeira*
*edição de* Páginas Recolhidas, *em 1899.*

Nunca pude entender a conversação que tive com uma senhora, há muitos anos[1], contava eu dezessete[2], ela, trinta. Era noite de Natal. Havendo ajustado com um vizinho irmos à missa do galo[3], preferi não dormir; combinei que eu iria acordá-lo à meia-noite. A casa em que eu estava hospedado era a do escrivão Meneses, que fora casado, em primeiras núpcias, com uma de minhas primas. A segunda mulher, Conceição, e a mãe desta acolheram-me bem quando vim de Mangaratiba para o Rio de Janeiro, meses antes, a estudar preparatórios[4]. Vivia tranquilo, naquela casa assobradada da Rua do Senado, com os meus livros, poucas relações, alguns passeios. A família era pequena, o escrivão, a mulher, a sogra e duas escravas. Costumes velhos. Às dez horas da noite, toda a gente estava nos quartos; às dez e meia, a casa dormia. Nunca tinha ido ao teatro, e, mais de uma vez, ouvindo dizer ao Meneses que ia ao teatro, pedi-lhe que me levasse consigo. Nessas ocasiões,



1. Dois aspectos importantes já são informados ao leitor na primeira frase do conto: trata-se de uma história narrada em primeira pessoa e em *flashback*, uma vez que o narrador diz que tudo aconteceu há muito tempo.
2. Observe que a idade do narrador também é informada nos primeiros momentos da narração, o que é um dado fundamental para que o leitor compreenda suas impressões e seus comentários acerca do encontro que narra.
3. A missa do galo é uma celebração católica típica de Natal, realizada tradicionalmente à meia-noite do dia 24 de dezembro.
4. Mais uma informação importante sobre o narrador. Ele é interiorano, natural de Mangaratiba, e estava, na ocasião, hospedado na casa de seu parente há alguns meses.

a sogra fazia uma careta, e as escravas riam à socapa[5]; ele não respondia, vestia-se, saía e só tornava na manhã seguinte. Mais tarde é que eu soube que o teatro era um eufemismo em ação. Meneses trazia amores com uma senhora, separada do marido, e dormia fora de casa uma vez por semana. Conceição padecera, a princípio, com a existência da comborça[6]; mas, afinal, resignara-se, acostumara-se, e acabou achando que era muito direito[7].

Boa Conceição! Chamavam-lhe "a santa", e fazia jus ao título, tão facilmente suportava os esquecimentos do marido. Em verdade, era um temperamento moderado, sem extremos, nem grandes lágrimas, nem grandes risos. No capítulo de que trato, dava para maometana[8]; aceitaria um harém, com as aparências salvas. Deus me perdoe, se a julgo mal. Tudo nela era atenuado e passivo. O próprio rosto era mediano, nem bonito nem feio. Era o que chamamos uma pessoa simpática. Não dizia mal de ninguém, perdoava tudo. Não sabia odiar;



5. À socapa: furtivamente, disfarçadamente.
6. Comborça: qualificação humilhante da amante de homem casado.
7. Fica estabelecida aqui a relação marital entre o escrivão e Conceição. Embora casados e vivendo sob o mesmo teto, o marido mantinha um relacionamento extraconjugal conhecido e tolerado por todos, inclusive pela própria esposa, que acabara achando aquilo "muito direito". Pode-se entender o regime patriarcal e machista, muito comum nos casamentos do século XIX.
8. Maometano: que se refere ao profeta Mohammed, também conhecido como Maomé.

pode ser até que não soubesse amar[9]. Naquela noite de Natal foi o escrivão ao teatro[10]. Era pelos anos de 1861 ou 1862. Eu já devia estar em Mangaratiba, em férias; mas fiquei até o Natal para ver "a missa do galo na Corte". A família recolheu-se à hora do costume; eu meti-me na sala da frente, vestido e pronto. Dali passaria ao corredor da entrada e sairia sem acordar ninguém. Tinha três chaves a porta; uma estava com o escrivão, eu levaria outra, a terceira ficava em casa.

— Mas, Sr. Nogueira, que fará você todo esse tempo? perguntou-me a mãe de Conceição.

— Leio, D. Inácia.



Tinha comigo um romance, *Os três mosqueteiros*[11], velha tradução creio do *Jornal do Comércio*. Sentei-me à mesa que havia no centro da sala, e à luz de um candeeiro de querosene, enquanto a casa dormia, trepei ainda uma vez ao cavalo magro de D'Artagnan e fui-me às aventuras[12]. Dentro

9. A caracterização de Conceição pelo narrador é de uma mulher compreensiva e que prima pela autoanulação. Preocupada em manter as aparências em seu casamento, não se queixa de nada e o narrador supõe, inclusive, que ela não seria capaz de amar, o que contradiz muitas das impressões apresentadas ao longo do conto.
10. Logo depois de explicar o eufemismo, o narrador o utiliza de forma irônica, gerando alguma cumplicidade com o leitor, que, a essa altura, entende o comentário.
11. Aqui há uma referência intertextual, como é comum na obra de Machado de Assis. Neste caso, trata-se de *Os três mosqueteiros*, romance histórico escrito pelo francês Alexandre Dumas em 1844.
12. Aqui o narrador se coloca como um dos personagens do romance que lê, sugerindo um mergulho verdadeiro na obra do Romantismo francês.

em pouco estava completamente ébrio[13] de Dumas[14]. Os minutos voavam, ao contrário do que costumam fazer, quando são de espera; ouvi bater onze horas, mas quase sem dar por elas, um acaso. Entretanto, um pequeno rumor que ouvi dentro veio acordar-me da leitura[15]. Eram uns passos no corredor que ia da sala de visitas à de jantar; levantei a cabeça; logo depois vi assomar à porta da sala o vulto de Conceição.

— Ainda não foi? - perguntou ela.

— Não fui, parece que ainda não é meia-noite.

— Que paciência!

Conceição entrou na sala, arrastando as chinelinhas da alcova. Vestia um roupão branco, mal-apanhado na cintura. Sendo magra, tinha um ar de visão romântica, não disparatada com o meu livro de aventuras[16] . Fechei o livro, ela foi sentar-se na cadeira que ficava defronte de mim, perto do canapé. Como eu lhe perguntasse se a



13. Ébrio: embriagado, bêbado.
14. O narrador assume neste ponto que seu estado de espírito foi alterado pela leitura que realizava. Alexandre Dumas é um conhecido autor do Romantismo e, como tal, pode ter influenciado o espírito do narrador de apenas 17 anos na observação que faria, em seguida, do comportamento de Conceição.
15. Atente para a expressão "acordar da leitura" que, sem dúvida, contribui para a sugestão de que o narrador estaria, de certa forma, adormecido pelo livro. Antes, ele havia afirrmado que os minutos que, normalmente são longos durante qualquer espera, passavam rapidamente neste caso, o que se deve ao seu envolvimento com a trama narrada no livro que lia.
16. Mais um elemento que reforça o estado de espírito peculiar do narrador neste momento específico.

havia acordado, sem querer, fazendo barulho, respondeu com presteza:

— Não! qual! Acordei por acordar.

Fitei-a um pouco e duvidei da afirmativa. Os olhos não eram de pessoa que acabasse de dormir; pareciam não ter ainda pegado no sono. Essa observação, porém, que valeria alguma coisa em outro espírito, depressa a botei fora, sem advertir que talvez não dormisse justamente por minha causa, e mentisse para me não afligir ou aborrecer. Já disse que ela era boa, muito boa[17].

— Mas a hora já há de estar próxima – disse eu.



— Que paciência a sua de esperar acordado, enquanto o vizinho dorme! E esperar sozinho! Não tem medo de almas do outro mundo? Eu cuidei que se assustasse quando me viu.

— Quando ouvi os passos, estranhei: mas a senhora apareceu logo.

— Que é que estava lendo? Não diga, já sei, é o romance dos Mosqueteiros.

— Justamente: é muito bonito.

— Gosta de romances?

17. Há uma ambiguidade no comentário do narrador acerca de Conceição. Ele pode estar falando de sua bondade ou tecendo alguma observação a respeito do físico atraente da moça.

— Gosto.

— Já leu *A Moreninha*?

— Do Dr. Macedo[18]? Tenho lá em Mangaratiba.

— Eu gosto muito de romances[19], mas leio pouco, por falta de tempo. Que romances é que você tem lido?

Comecei a dizer-lhe os nomes de alguns. Conceição ouvia-me com a cabeça reclinada no espaldar, enfiando os olhos por entre as pálpebras meio-cerradas, sem os tirar de mim. De vez em quando passava a língua pelos beiços, para umedecê-los. Quando acabei de falar, não me disse nada; ficamos assim alguns segundos. Em seguida, vi-a endireitar a cabeça, cruzar os dedos e sobre eles pousar o queixo, tendo os cotovelos nos braços da cadeira, tudo sem desviar de mim os grandes olhos espertos[20].

"Talvez esteja aborrecida", pensei eu.

E logo alto:

— D. Conceição, creio que vão sendo horas, e eu...



18. Referência ao primeiro romance romântico de grande sucesso no Brasil. *A moreninha*, de Joaquim Manuel de Macedo, que, além de médico (e por isso referido como Dr. Macedo), também foi um famoso escritor de romances românticos.
19. Observe que, uma vez que Conceição diz gostar muito de romances, pode-se entender que sua personalidade se relacionava ao gosto romântico da época.
20. A forma como o comportamento de Conceição é descrito sugere que ela estivesse observando atentamente o narrador, sem tirar dele os grandes olhos espertos. Além disso, a ação de passar a língua entre os lábios (aqui referidos como beiços) para umedecê-los também pode conter uma sugestão sensual da moça para Nogueira.

— Não, não, ainda é cedo. Vi agora mesmo o relógio, são onze e meia. Tem tempo.[21] Você, perdendo a noite, é capaz de não dormir de dia?

— Já tenho feito isso.

— Eu, não, perdendo uma noite, no outro dia estou que não posso, e, meia hora que seja, hei de passar pelo sono. Mas também estou ficando velha.

— Que velha o quê, D. Conceição?

Tal foi o calor da minha palavra que a fez sorrir[22]. De costume tinha os gestos demorados e as atitudes tranquilas; agora, porém, ergueu-se rapidamente, passou para o outro lado da sala e deu alguns passos, entre a janela da rua e a porta do gabinete do marido. Assim, com o desalinho honesto que trazia, dava-me uma impressão singular. Magra embora, tinha não sei que balanço no andar, como quem lhe custa levar o corpo; essa feição nunca me pareceu tão distinta como naquela noite. Parava algumas vezes, examinando um trecho de cortina ou consertando a posição de algum objeto no aparador; afinal deteve-se, ante mim, com a mesa



21. Conceição deixa claro que não quer interromper a conversa, talvez por não querer ficar sozinha, talvez por estar, de fato, interessada no narrado. Observe que ela começa outro assunto, não diretamente relacionado à leitura dos romances, sobre o que falavam até agora.

22. O narrador interpreta o sorriso de Conceição como resultado de suas palavras "quentes", quando não concorda que ela estaria "ficando velha".

de permeio. Estreito era o círculo das suas ideias[23]; tornou ao espanto de me ver esperar acordado; eu repeti-lhe o que ela sabia, isto é, que nunca ouvira missa do galo na Corte, e não queria perdê-la.

— É a mesma missa da roça; todas as missas se parecem.

— Acredito; mas aqui há de haver mais luxo e mais gente também. Olhe, a semana santa na Corte é mais bonita que na roça. S. João não digo, nem Santo Antônio...

Pouco a pouco, tinha-se reclinado; fincara os cotovelos no mármore da mesa e metera o rosto entre as mãos espalmadas. Não estando abotoadas as mangas, caíram naturalmente, e eu vi-lhe metade dos braços, muito claros e menos magros do que se poderiam supor. A vista não era nova para mim, posto também não fosse comum; naquele momento, porém, a impressão que tive foi grande. As veias eram tão azuis, que, apesar da pouca claridade, podia contá-las do meu lugar. A presença de Conceição espertara-me ainda mais que o livro[24]. Continuei a dizer o que pensava das



23. Observe que não há assunto suficiente para manter a conversação das personagens e eles acabam voltando ao mesmo ponto que já tinha sido abordado antes, ocorrência comum quando há algum constrangimento entre duas pessoas que conversam.

24. Neste ponto há uma afirmação inequívoca de que o narrador está alterado com a presença de Conceição, mais do que o livro que lia era capaz de fazer. É interessante perceber que a descrição começa a ter uma conotação levemente sensual, o que gera alguma tensão e intensifica a dramaticidade da narrativa.

festas da roça e da cidade, e de outras coisas que me iam vindo à boca. Falava emendando os assuntos, sem saber por quê, variando deles ou tornando aos primeiros, e rindo para fazê-la sorrir e ver-lhe os dentes que luziam de brancos, todos iguaizinhos.[25] Os olhos dela não eram bem negros, mas escuros; o nariz, seco e longo, um tantinho curvo, dava-lhe ao rosto um ar interrogativo. Quando eu alteava um pouco a voz, ela reprimia-me:

— Mais baixo! mamãe pode acordar.[26]

E não saía daquela posição, que me enchia de gosto, tão perto ficavam as nossas caras. Realmente, não era preciso falar alto para ser ouvido: cochichávamos os dois, eu mais que ela, porque falava mais; ela, às vezes, ficava séria, muito séria, com a testa um pouco franzida. Afinal, cansou, trocou de atitude e de lugar. Deu volta à mesa e veio sentar-se do meu lado, no canapé. Voltei-me e pude ver, a furto, o bico das chinelas; mas foi só o tempo que ela gastou em sentar-se, o roupão era



25. Aqui o narrador assume certa precipitação em suas ações. Afirma que ria para fazê-la sorrir e assim poder ver seus dentes brancos e enfileirados. Dessa forma, observamos que está completamente envolvido com a cena e procura, de certa forma, uma sequência de atitudes em que domine a situação.

26. Conceição revela, pela primeira vez, preocupação em não acordar a mãe. Talvez estivesse, de fato, empenhada em não incomodá-la ou, quem sabe, não quisesse ser interrompida em seu exercício de sedução sobre Nogueira.

comprido e cobriu-as logo. Recordo-me que eram pretas.[27] Conceição disse baixinho:

— Mamãe está longe, mas tem o sono muito leve, se acordasse agora, coitada, tão cedo não pegava no sono.

— Eu também sou assim.

— O quê? - perguntou ela, inclinando o corpo, para ouvir melhor.

Fui sentar-me na cadeira que ficava ao lado do canapé e repeti-lhe a palavra. Riu-se da coincidência; também ela tinha o sono leve; éramos três sonos leves.

— Há ocasiões em que sou como mamãe, acordando, custa-me dormir outra vez, rolo na cama, à toa, levanto-me, acendo vela, passeio, torno a deitar-me e nada.

— Foi o que lhe aconteceu hoje.

— Não, não - atalhou ela[28].

Não entendi a negativa; ela pode ser que também não a entendesse. Pegou das pontas do cinto e bateu com elas



27. As sugestões sensuais aumentam e é notória a cumplicidade crescente entre as personagens que estão cochichando com os rostos muito próximos e depois passam a se sentar lado a lado.
28. A negação de Conceição é coerente com sua observação anterior. Ela havia dito que "acordara por acordar" e não que tinha tido dificuldades em dormir naquela noite. Assim, seu discurso faz completo sentido, enquanto o narrador é que se mostra confuso por dizer que não entendeu a negativa dela. Aqui temos um indício de que é ele quem está imaginando uma cena que não tem nada de anormal e que Conceição está falando a verdade e se comportando normalmente.

sobre os joelhos, isto é, o joelho direito, porque acabava de cruzar as pernas. Depois referiu uma história de sonhos, e afirmou-me que só tivera um pesadelo, em criança. Quis saber se eu os tinha. A conversa reatou-se assim lentamente, longamente, sem que eu desse pela hora nem pela missa. Quando eu acabava uma narração ou uma explicação, ela inventava[29] outra pergunta ou outra matéria, e eu pegava novamente na palavra. De quando em quando, reprimia-me:

— Mais baixo, mais baixo...

Havia também umas pausas. Duas outras vezes, pareceu-me que a via dormir; mas os olhos, cerrados por um instante, abriam-se logo sem sono nem fadiga, como se ela os houvesse fechado para ver melhor. Uma dessas vezes, creio que deu por mim embebido na sua pessoa, e lembra-me que os tornou a fechar, não sei se apressada ou vagarosamente. Há impressões dessa noite, que me aparecem truncadas ou confusas. Contradigo-me, atrapalho-me[30]. Uma das que



29. Como acontecera antes, ao final de cada assunto Conceição criava um novo comentário que possibilitava a continuação da conversa, o que sugere que, na visão do narrador, ela não queria que aquele momento terminasse.
30. É fundamental perceber que, neste ponto, o narrador assume não lembrar exatamente o que aconteceu em alguns momentos daquela noite, contradizendo-se e atrapalhando-se. Fica aqui a certeza de que se trata de um narrador em primeira pessoa, pouco confiável, que narra uma situação em que esteve envolvido e sobre a qual não tem distanciamento e clareza suficientes.

ainda tenho frescas é que em certa ocasião, ela, que era apenas simpática, ficou linda, ficou lindíssima. Estava de pé, os braços cruzados; eu, em respeito a ela, quis levantar-me; não consentiu, pôs uma das mãos no meu ombro e obrigou-me a estar sentado. Cuidei que ia dizer alguma coisa; mas estremeceu, como se tivesse um arrepio de frio[31] voltou as costas e foi sentar-se na cadeira, onde me achara lendo. Dali relanceou a vista pelo espelho, que ficava por cima do canapé, falou de duas gravuras que pendiam da parede[32].

— Estes quadros estão ficando velhos. Já pedi a Chiquinho para comprar outros.



Chiquinho era o marido. Os quadros falavam do principal negócio deste homem. Um representava "Cleópatra"; não me recordo o assunto do outro, mas eram mulheres. Vulgares ambos; naquele tempo não me pareciam feios.

— São bonitos - disse eu.

31. Este pode ser considerado o clímax do encontro dessas duas personagens, uma vez que estão fisicamente muito próximos e Conceição parece hesitar entre dizer ou não alguma coisa. A narrativa sugere que ela teria sentido um arrepio que pode ser resultado de uma onda de frio, mesmo em pleno verão carioca, ou da atração física incontrolável que sentia pelo narrador.

32. O olhar de relance pelo espelho é rapidamente substituído por um comentário aparentemente sem importância a respeito dos quadros da parede. Mais uma vez, um assunto novo precisa ser introduzido para evitar o constrangimento que o silêncio entre os dois pode causar.

— Bonitos são; mas estão manchados. E depois francamente, eu preferia duas imagens, duas santas. Estas são mais próprias para sala de rapaz ou de barbeiro[33].

— De barbeiro? A senhora nunca foi à casa de barbeiro.

— Mas imagino que os fregueses, enquanto esperam, falam de moças e namoros, e naturalmente o dono da casa alegra a vista deles com figuras bonitas. Em casa de família é que não acho próprio. É o que eu penso, mas eu penso muita coisa assim, esquisita.[34] Seja o que for, não gosto dos quadros. Eu tenho uma Nossa Senhora da Conceição, minha madrinha, muito bonita; mas é de escultura, não se pode pôr na parede, nem eu quero. Está no meu oratório.



A ideia do oratório trouxe-me a da missa, lembrou-me que podia ser tarde e quis dizê-lo. Penso que cheguei a abrir a boca, mas logo a fechei para ouvir o que ela contava, com doçura, com graça, com tal moleza que trazia preguiça à

---

33. Conceição revela consciência da inadequação dos quadros da parede de sua sala que retraram mulheres – segundo o narrador o principal negócio do escrivão Meneses – e afirma que eles estariam melhor colocados em uma sala de rapaz ou de barbeiro. Embora já tenha pedido ao marido que comprasse outros, nada foi feito a esse respeito.

34. Uma vez que Conceição afirma pensar muitas coisas esquisitas e revela estar familiarizada com os assuntos tratados por homens quando esperam em um salão de barbeiro, na ausência de suas mulheres, o narrador poderia pensar que ela talvez fosse mais vivida do que aparentava ser e talvez estivesse mesmo se insinuando naquela conversação.

minha alma e fazia esquecer a missa e a igreja.[35] Falava das suas devoções de menina e moça. Em seguida referia umas anedotas de baile, uns casos de passeio, reminiscências de Paquetá, tudo de mistura, quase sem interrupção. Quando cansou do passado, falou do presente, dos negócios da casa, das canseiras de família, que lhe diziam ser muitas, antes de casar, mas não eram nada. Não me contou, mas eu sabia que casara aos vinte e sete anos[36].

Já agora não trocava de lugar, como a princípio, e quase não saíra da mesma atitude. Não tinha os grandes olhos compridos, e entrou a olhar à toa para as paredes.

— Precisamos mudar o papel da sala – disse daí a pouco, como se falasse consigo[37].

Concordei, para dizer alguma coisa, para sair da espécie de sono magnético, ou o que quer que era que me tolhia a



35. Neste ponto começa a ficar clara a oposição estabelecida pelo narrador entre a missa e a igreja e a conversação que mantém com Conceição. É como se um acontecimento excluísse o outro, não apenas pelo conflito do horário, mas, principalmente, pela diferença na natureza dos eventos.
36. O fato de Conceição ter se casado tarde para os padrões da época revela que ela tinha, provavelmente, vivido muitas experiências antes do casamento. Nas próprias reminiscências da juventude que narra, segundo o narrador, tudo se mistura, quase sem repetição. Haveria alguma possibildade de suas aventuras juvenis ainda terem algum espaço em sua vida de casada?
37. Indício de que a personagem de fato está pensando em outra coisa. Difícil imaginar que alguém, no auge da sedução, comente em voz alta sobre a necessidade de trocar o papel de parede.

língua e os sentidos[38]. Queria e não queria acabar a conversação; fazia esforço para arredar os olhos dela, e arredava-os por um sentimento de respeito; mas a ideia de parecer que era aborrecimento, quando não era, levava-me os olhos outra vez para Conceição. A conversa ia morrendo. Na rua, o silêncio era completo.

Chegamos a ficar por algum tempo – não posso dizer quanto – inteiramente calados[39]. O rumor, único e escasso, era um roer de camundongo no gabinete, que me acordou daquela espécie de sonolência; quis falar dele, mas não achei modo. Conceição parecia estar devaneando. Subitamente, ouvi uma pancada na janela, do lado de fora, e uma voz que bradava: "Missa do galo! missa do galo!"



— Aí está o companheiro – disse ela, levantando-se. — Tem graça; você é que ficou de ir acordá-lo, ele é que vem acordar você. Vá, que hão de ser horas; adeus.

— Já serão horas? – perguntei.

— Naturalmente

— Missa do galo! – repetiram de fora, batendo.

— Vá, vá, não se faça esperar. A culpa foi minha. Adeus, até amanhã.

---

38. Aqui o narrador se declara completamente tomado pela situação que define como "um sono magnético" que lhe tolhera "a língua e os sentidos".
39. O constrangedor silêncio, tão evitado durante todo o encontro, parece prevalecer ao final e as personagens, vencidas pela falta de assuntos e talvez de afinidades, deixam-se dominar pela dificuldade em manter a conversação viva.

E com o mesmo balanço do corpo, Conceição enfiou pelo corredor dentro, pisando mansinho. Saí à rua e achei o vizinho que esperava. Guiamos dali para a igreja. Durante a missa, a figura de Conceição interpôs-se mais de uma vez entre mim e o padre; fique isto à conta dos meus dezessete anos[40]. Na manhã seguinte, ao almoço falei da missa do galo e da gente que estava na igreja sem excitar a curiosidade de Conceição. Durante o dia, achei-a como sempre, natural, benigna, sem nada que fizesse lembrar a conversação da véspera. Pelo Ano-Bom fui para Mangaratiba. Quando tornei ao Rio de Janeiro, em março, o escrivão tinha morrido de apoplexia[41]. Conceição morava no Engenho Novo, mas nem a visitei nem a encontrei. Ouvi mais tarde que casara com o escrevente juramentado[42] do marido.



40. Como já fizera antes, aqui o narrador contrapõe a missa que assiste com a experiência que viveu com Conceição. Em sua cabeça de 17 anos, os eventos são, de certa forma, excludentes, e, ao pensar em um, o outro tende a ficar obscurecido.
41. Apoplexia: afecção do centro nervoso encéfalo-raquidiano, que se manifesta pela perda súbita das sensações e do movimento em uma ou mais partes do corpo, popularmente conhecida como 'derrame'.
42. Juramentado: oficializado, tornado oficial para o exercício de determinada função.

## Coleção *Clássicos de bolso*

**Rinconete e Cortadillo**
Miguel de Cervantes
Tradução de Sandra Nunes e Eduardo Fava Rubio
Ilustrações de Caco Galhardo
13 x 18 cm • 80 págs. • PB • Brochura
ISBN 978-85-7596-045-5

Um livro de malandros e malandragens. Rincón tem 16 anos e Cortado, 14. Os dois têm de se virar para ganhar dinheiro e se dar bem na vida. Com apenas um baralho seboso e uma navalha afiada – para cortar bolsas, nada de violência! –, Rincón e Cortado atravessam a Espanha enrolando marmanjos e se safando de fininho. Um trabalho honesto aqui, uma mão leve acolá, os dois chegam a Sevilha, onde encontram Monipódio, o chefão do sindicato de ladrões. É aí que eles descobrem que o mundo da malandragem é muito mais vasto do que pensavam.

**Os assasinatos da Rua Morgue**
Edgar Allan Poe
Tradução de Mara Ferreira Jardim
Ilustrações de Luciano Irrthum
13 x 18 cm • 88 págs. • PB • Brochura
ISBN 978-85-7596-348-7

Esta história, escrita em 1841 pelo mestre do crime e do terror Edgar Allan Poe (1809-1849), aqui em tradução de Mara Ferreira Jardim, marca o nascimento do gênero policial na literatura moderna. Acompanhe a sagacidade do detetive francês Auguste Dupin e descubra o poder da dedução e o fascínio do enigma.

**Versos de amor e morte**
Luís Vaz de Camões
Organização, notas e texto de
apresentação de Nelly Novaes Coelho
Ilustrações de Fido Nesti
Apoio da Direcção-Geral do Livro e das Bibliotecas
(DGLB), Ministério da Cultura de Portugal
13 x 18 cm • 88 págs. • PB • Brochura
ISBN 978-85-7596-080-6

Uma antologia dos poemas de Luís de Camões editada em formato bolso para expandir a abordagem iniciada com a obra do autor português em quadrinhos. A seleção dos sonetos feita pela crítica Nelly Novaes Coelho revela aguçadas leituras de cada um dos textos, divididos em sete categorias temáticas.
Trata-se de um trabalho de resgate da composição e da lírica camoniana, com atenção especial aos temas que mais instigam o ser humano: o amor e a morte.

**Apetece-lhe Pessoa?**
**Antologia poética de Fernando Pessoa para ler e ouvir.**
Fernando Pessoa
Seleção e leitura em voz alta de
José Jorge Letria e Susana Ventura
Ilustrações de Eloar Guazzelli
13 x 18 cm • 120 págs. • PB • Brochura
ISBN 978-85-7596-510-8

Trata-se de um convite à leitura compartilhada em duas experiências complementares: a leitura e a audição, das quais se pode apreender a universalidade e a potência da poesia de Fernando Pessoa. Uma viagem transatlântica e transmídia que aproxima leitores em torno de sua pátria, a língua portuguesa.

A gente publica o que gosta de ler:
livros que transformam.